妳能等到我社團活動結束嗎？

尚未寫下的
「戀愛」這兩個字，

嗯……好。

告白預演系列 15

少女們啊。

原案／HoneyWorks 作者／香坂茉里 插圖／ヤマコ

體貼和自私在天秤兩端搖擺不定，

自從與妳相遇後就搖擺不定。
←三人交錯的感情將如何發展……？

並非只有淚水，

心是溫暖的。

這絕非壞事，

問這種問題很噁耶……

不能恐懼變化。

告白預演系列 15
少女們啊。
原案／HoneyWorks 作者／香坂茉里 插圖／ヤマコ
Note
Kadokawa Fantastic Novels

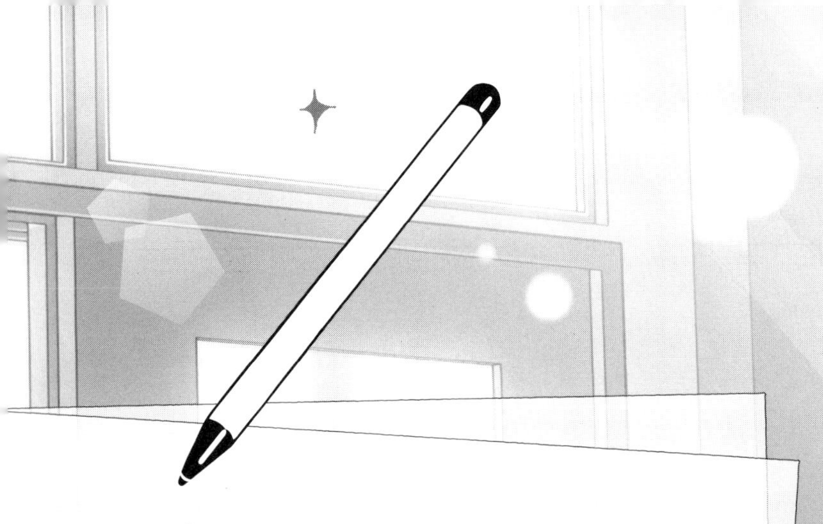

內頁插圖／島陰涙亞

CONTENTS
目錄

Change1 ～變化1～

三浦加戀

5月1日生
金牛座
無法對朋友展現出
真正的自己。

Change 1 ～變化1～

一

我的故事索然無味——

時節進入七月後，從教室窗外照進來的陽光跟著變得強烈，天空也染上一片湛藍的夏季色彩。

在開著強力空調的教室裡，穿著短袖夏季制服感覺有點冷。

吃完午餐後，男孩們在教室後方嘻笑玩鬧，以及女孩們把課桌併在一起有說有笑。聚集在教室裡的面孔一如往常。包括三浦加戀在內。

厭惡國中時期交友關係的她，因為想遺忘當時的自己，最後選擇報考水鈴高中這所升

Change1

~變化1~

學學校。她希望一切能夠重新來過。就只是基於這樣的理由罷了——

為了避免自己重蹈當年的覆轍，升上高中後，她穿上偏長的制服裙子，還換了髮型。不用說，當然也不化妝。這都是為了不讓自己被討厭，或是引人注目。

她坐在靠窗的座位上，翻著昨天買來的漫畫。

「加戀，妳在看什麼？」

聽到同班友人伊原理繪這麼開口搭話，加戀抬起頭來。

蓄著短髮的她從後方探過頭詢問：「那本漫畫好看嗎？」

「因為我很在意後續，所以……這部很好看喔。」

加戀說完，露出有些傻氣的笑容。

「妳很喜歡這種的嘛~我看妳常常在看。」

留著一頭長髮、坐在加戀前方的相川早希，伸出手拿起加戀擱在桌上的小說。看似閒得發慌的她，翹起一隻腳翻開書頁，但似乎也只是隨意翻翻，並沒有太大興趣。

「感覺妳的興趣還滿宅的？」

面對早希的調侃，加戀露出笑容含糊帶過：「我也不知道呢。」

加戀喜歡看漫畫，也不排斥閱讀小說，但沒有熱中到足以被稱為阿宅的程度。

「是說～妳的頭髮又翹起來了耶。至少把睡翹的頭髮整理好再出門吧。」

聽到理繪的指摘，加戀伸手摸了摸只有簡單梳理過的頭髮。

「我早上沒那麼多時間……」

「話說回來，妳也沒在化妝吧？好歹擦點唇蜜啊。」

相川早希盯著加戀的雙唇，有些沒好氣地這麼說。

「我很不擅長化妝呢。而且也不適合我……」

「哦……不過，妳感覺也對這方面的事情沒興趣就是了。」

這麼挖苦的早希嘴角微微上揚。這個話題或許就此告一段落了吧，理繪扶著加戀的椅子，以「對了～」向早希打開話匣子。

「念國中時，不是有個叫岸柿的女生嗎？總是獨來獨往的那個。」

「啊～有喔。真虧妳連名字都記得住耶，理繪。」

「妳八成連她長什麼樣子都忘了吧？」

「因為我又沒跟她說過話。她跟我們念同一所高中嗎？」

「應該是櫻丘高中吧？我有看到她穿那裡的制服。」

從理繪口中聽到櫻丘高中這所學校，讓加戀心驚了一下，翻頁的手也止住動作。

理繪和早希在聊的，是跟她們念同一所國中的陌生女孩的事情。

（這跟我無關……）

加戀在內心這麼說服產生動搖的自己。這段期間，另外兩人仍繼續閒聊。

「我之前在車站附近看到她。她變得跟國中那時完全不一樣了耶～」

「咦～！真的假的？是身邊有男人了嗎～？」

「應該是喔。我看她跟同校的男孩子走在一起。是說，看到的當下，我只覺得『妳哪位啊？』，差點沒笑出來呢～」

「念國中時明明沒半個朋友，現在竟然比我們兩個先交到男朋友啊，太囂張了吧～真想給岸柿的男朋友看看她以前的照片呢～！」

「問題應該在於我們遲遲沒交到男朋友吧？都已經夏天了耶～？」

「有夠不妙～～！」

說著，兩人啊哈哈地笑成一團。

過去就讀同一所國中的理繪和早希，似乎從那時感情就很好。

進入高中後，在第一次換座位時，加戀鼓起勇氣和坐在前方座位上聊天的她們搭話。

她想趕快交到朋友。不過，要說自己跟這兩人合得來，好像也不見得。她常常跟不上

早希和理繪的對話。儘管如此，她還是會在一旁露出笑容頻頻點頭，營造出自己也有加入話題的感覺。

平常多半是早希和理繪一起聊天，加戀則只是在旁邊聽著。兩人偶爾會把話題帶到她身上。光是這樣就夠了。畢竟早希跟理繪從國中就認識彼此，感情比較好也是理所當然。

升上高中後，才過了三個月左右的時間。之後，她一定能慢慢習慣這樣的相處模式。因為國中時的自己就是這樣。

加戀很擅長以笑容迎合別人。不對，應該說是「變得擅長」。

因為這麼做的話，就能讓自己待在對方身旁——

「還是要去聯誼～？」

「我ＯＫ啊。是妳每次都嫌麻煩吧，早希？」

「啊～嗯。哎呀，就真的很麻煩嘛～」

以手指梳理一頭長髮的早希皺眉這麼回應。理繪笑著吐槽：「看吧。」

「加戀～有聯誼的話，妳要一起來嗎？」

被理繪這麼問，加戀有些不知所措地「咦？」了一聲。為了掩飾自己的反應，她再次

堆出笑容。

「我就……不用了。我不太會跟男孩子相處。」

「確實有這種感覺呢～妳每次都不理他們。」

語畢，早希將小說放回桌上。

加繼並沒有說謊。她完全沒有想跟誰交往，或是想要男朋友的想法。

（我不想跟他們扯上關係……）

升上高中後，加繼盡可能避免和男生搭話，就算反過來被搭話，她也總是以冷淡的態度回應。

大部分的男生可能都覺得她的態度很差吧。但這樣就行了。還是被男生討厭比較好。

然而——

「三浦感覺還滿可愛的耶。」

「啊！我也這麼覺得。」

突然聽到有人提及自己的名字，加繼的表情瞬間變得僵硬。

這麼閒聊的，是待在教室後方的兩名男同學。聽著這兩人對話的另一個男孩子，先是

朝加戀所在的方向瞄了一眼，接著壓低嗓音表示：「她會聽到啦。」

在三人之中身形最高挑的他，將雙手插在褲子的口袋裡。

「是隅田啊……」

早希輕聲道出男孩的名字。

這個加戀也知道。男孩的全名是隅田惠。

一頭清爽的短髮和濃眉，是他令人印象深刻之處。

「來猜拳吧。輸的人要負責去問她有沒有男朋友。」

一名男同學半開玩笑地提議後，惠回應：「真的假的……」臉上也露出困惑的表情。

加戀擱在腿上的手不自覺緊緊握拳。

（別這樣……）

每次都是這樣。就算不理不睬、以冷淡的態度回應，或表現出不感興趣的態度，男生們仍舊毫不在意。他們是不是以為，每個女孩子聽到別人稱讚自己可愛，都會心花怒放？

被別人懷著好玩的心態接近，只會讓人感到不快而已。他們為何無法明白這一點？

為何不能好好理解這一點呢——

（因為這樣，我總是…………！）

加戀用力皺起眉頭。

沒能察覺到她心情的男同學們，開始熱熱鬧鬧地猜起拳來。

他們八成只把這當成一場遊戲吧。真是粗神經的人——加戀不禁露出厭煩的表情。

「好，你輸啦～！」

被這麼說的同伴拍了拍背之後，隅田惠一臉尷尬地將手撫上後腦勺，望向加戀所在的方向。

「你負責去問她吧～」

「知道了啦，別推我……」

惠像是下定決心那樣抬起頭，朝加戀的座位走去，另外兩名男同學則是在教室後方準備看好戲。

（別這樣……）

她不想聽到什麼沒營養的問題。

早知道應該馬上起身離開教室才對。逐漸加速的心跳，完全沒有給人舒服的感覺。

來到加戀的座位旁後，惠再次將手撫上後腦勺，「那個……」他鼓起勇氣開口。

「三浦同學，妳有男朋友嗎？」

相較於沉默不語的加戀，一旁的早希以平淡的語氣反問：「為什麼只問加戀？」

「喔喔！加戀，妳偷跑啊～？」

理繪以輕佻的語氣笑道。

加戀緊緊揪住自己的裙子，對惠投以極為冷淡的眼神。

「問這種問題很噁耶……」

以帶著滿滿厭惡的語氣這麼開口後，不希望對方繼續跟自己攀談的加戀移開視線。

「是喔……抱歉。」

回應她的，是聽起來彷彿卡在喉頭的嗓音。

惠尷尬地別過臉去，轉身從加戀的座位旁離開。

「被她拒絕啦～？」

惠無視這麼出聲調侃的男同學，逕自走出教室。「喂，等等啦。」兩名男同學慌忙追了上去。

「這是在幹嘛……？」

「應該是想宣傳自己在徵女友吧？」

「原來如此～加戀，妳打算怎麼做？」

早希以手托腮，上揚的嘴角帶著些許嘲弄。

「抱歉，我……去一下廁所……」

輕聲這麼表示後，加戀從座位上起身。

「她意外很受男生歡迎耶……」

「原來隅田喜歡那種類型的啊……」

聽到早希和理繪冷冷的對話，加戀像是想逃離什麼似的不自覺加快腳步。感到有些呼吸困難的她，將手抵上制服的胸口。

她從走廊一路衝進廁所，將自己關進獨立的隔間後，一邊仰望看起來略微昏暗的天花板，一邊大口吸氣。

儘管如此，加戀卻沒有覺得比較暢快。她以顫抖的雙手緊緊揪住自己的雙臂。這是她現在唯一能依賴的東西。

她不想重蹈覆轍。不想再變得孤獨一人，經歷那種辛酸的回憶。

拚命守護這個小小的歸屬之處的自己，看起來是如此滑稽可笑。

儘管如此，她仍害怕自己會再次失去——

放學後，加戀經過被鐵絲網環繞的操場旁，「三浦同學。」一句呼喚讓她停下腳步。

朝她跑過來的，是身穿棒球社球衣的惠。他或許是先在社團教室裡換過衣服，正在前往操場的路上吧。午休時跟他廝混在一起的那些男孩子，又想叫他過來打聽什麼嗎？

加戀皺起眉頭，以一臉不悅的表情望向惠。

「……有什麼事嗎？」

聽到她這麼問，惠將原本打算說出口的話硬生生吞了回去，一瞬間沉默下來。

為什麼不乾脆掉頭就走呢——

夕陽餘暉灑落的操場上，可以看到其他棒球社社員開始做暖身操的身影。

身為高一社員，必須比學長們更早集合。然而，理應得加入那些社員的惠，卻遲遲沒有移動腳步。

正當加戀打算離開時，他終於開口了。

「午休那時……真的很抱歉。」

「你不用在意……」

加戀並沒有想要惠特地過來向自己道歉。比起這麼做，她更不希望像他這樣的男孩子跟自己搭話。因為惠在班上很受女孩子歡迎，而加戀也很清楚這一點。

「我不是想調侃妳，才問那種問題。」

看到惠以極其認真的表情筆直望向自己，原本打算馬上離開現場的加戀，變得無法邁開腳步。

圍繞著校舍的林木之間，不斷傳來光聽就讓人感到疲乏的嘹亮蟬鳴。兩人就這樣站在一段距離外望著彼此。

照映在身上的陽光，讓皮膚灼熱到彷彿在燃燒。

「聽起來可能像在辯解……不過，我不是被朋友指示才那麼做。是我自己想知道。」

「想知道什麼……？」

加戀反問的嗓音相當冷淡。

「想知道我跟誰在交往？就算知道了這種事，又有什麼……」

「希望妳能跟我交往。」

聽到惠以明確的語氣這麼打斷自己，加戀不禁屏息。

這突如其來的發展，讓她的雙頰瞬間發燙，說不出半句話。

「請……請你不要這樣調侃我！」

好不容易擠出來的這句回應，因為內心的動搖而有些高亢。

「我是真心想跟妳交往！」

加戀以「我做不到」一口回絕了惠的發言。

「我不打算跟任何人交往。你這樣讓我很困擾。」

「三浦同學好像又被告白了耶……」

「因為她總是會討好所有人啊……」

「男生都喜歡那樣的女孩子呢。」

國一同學們聚集在一起說悄悄話的身影，此刻從加戀腦中閃過。

自己孤單坐在被寫下中傷言論的課桌前，像是害怕來自周遭的視線而垂著頭的身影，也跟著浮現。

「我已經不想再被討厭、也不想引人注目！」

想抹去這段記憶的加戀忍不住提高音量。

她再也無法承受胸口的痛楚——

無論逃得多遠，她都無法遺忘這股痛楚。自己究竟得這樣被折磨到什麼時候？

惠沒有說話，只是伸出手緩緩將帽簷壓低，彷彿想隱藏自己的表情。他的雙唇也緊抿成一條線。

加戀轉身背對這樣的惠，毅然決然地抬起頭，然後邁步離去。

惠沒有再開口說些什麼，只是杵在原地，看起來沒有馬上離開的打算。

走到惠看不到的地方時，加戀才以手掩嘴拔腿狂奔。明明是自己拒絕了對方，她卻感覺胸口彷彿被緊緊掐住那般痛苦。

（對不起。）

對不起——

二

「我是真心想跟妳交往！」

回家路上，加戀不斷回想惠跟自己告白當下的情境。

他為什麼會有這樣的想法？為什麼會說出這種話？

惠對加戀一無所知，也不明白她度過了一段什麼樣的國中時期。

更不知道真正的加戀是個怎樣的人——

不過，對對方一無所知這點，加戀其實也一樣。

在開學典禮後的班會時間，全班同學輪流進行了簡單的自我介紹。那時，惠以嘹亮的

嗓音道出自己的名字、之前就讀的國中，以及國中曾加入棒球社、升上高中後也打算繼續練棒球的抱負。

就只是這樣而已——

不，或許自己還知道更多。但也不過是一些雞毛蒜皮的事情。

過於刺眼的夕陽餘暉，讓加戀將視線往下，盯著自己落在地上的影子。

雖然是同班同學，但加戀和惠不曾交談過，今天也是她第一次被他搭話。

然而，這樣的惠第一次對她道出的，卻是「妳有男朋友嗎？」這樣的問題。

因為被朋友慫恿。因為猜拳輸了。想到他只是基於這種理由，就詢問自己那樣的問題，加戀多少湧現了怒意。

你根本什麼都不知道——

「是我自己想知道。」

儘管如此，惠的嗓音卻不斷在加戀耳畔繚繞。回過神來後，她發現自己一直在思考這個人的事。

這樣的自己，為什麼能讓他說出「喜歡」兩個字呢？

對男孩子來說，交往是否並非太困難的一件事？

只因為自己很在意某人，就算完全不了解對方，也能提出「請和我交往」的要求嗎？

不過，班上的女孩子也會嘗試跟稱不上多喜歡的對象交往。

別人眼中的「交往」，跟自己所認定的「交往」，恐怕有一段差距吧。

加戀實在無法像其他人那樣輕鬆看待「交往」這回事。

要跟一個不怎麼了解的對象交往，不覺得很可怕嗎？

這點惠也不例外。要是兩人真的試著交往後，他才發現自己沒有想像中那麼喜歡加戀呢？他會像其他人那樣，說出：「是我搞錯了。」要求分手嗎？

明明只說過一次話，而且還是今天才第一次交談的對象。

（到頭來，受傷的人還不是我……）

加戀已經不願意再對誰失望，或是讓誰對自己失望了。

「你走路時可以離我遠一點嗎？要是被別人誤會的話，會很困擾耶！」

「不要緊啦～我完全不覺得困擾啊～」

這段對話讓加戀抬起頭來。身穿櫻丘高中制服的一男一女正走在馬路對側人行道上。

「我會困擾好嗎！」

綁著雙馬尾的女孩這麼說，然後迅速避開嘻皮笑臉地朝她靠近的男孩子。

（亞里紗………）

國一時跟加戀同班的高見澤亞里紗，將一頭跟當年沒兩樣的長髮在左右兩側紮成雙馬尾。跟她在一起的，則是名為柴崎健的男孩子。他跟兩人念同一所國中，而且又是經常被女孩子討論的話題人物，所以加戀記得他。

不過，國中時期，她並沒有看過這兩人聚在一起的光景。

「噯，亞里紗。放暑假之後，要是妳不想去海邊，那去煙火大會怎麼樣？也找虎太朗、幸大和瀨戶口同學他們一起去吧！」

「我家的神社有很多事情得幫忙，所以不行。你跟他們一起去不就好了。」

「咦～！但是妳不來的話，就沒有意義了啊。」

「為什麼啊？就算跟我出去玩……也很沒意思吧。」

「沒這回事喔。跟妳在一起超開心的！」

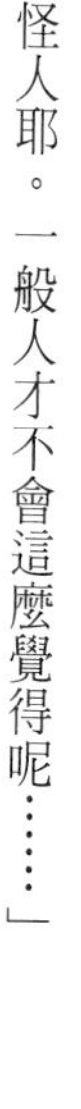

「啥？你真是個怪人耶。一般人才不會這麼覺得呢……」

「我也會幫妳分擔神社的工作啦～啊！如果是我們兩個自己去玩，我也完全沒問題喔！真要說的話，我反而比較想這麼做呢。」

看到健突然探頭靠近自己，亞里紗瞬間羞紅了臉，急急忙忙和他拉開距離。

「我怎麼可能跟你兩個人出去玩呀！」

「妳用不著這麼害羞啊。」

「不是這個問題！」

健將交握的雙手抵上後腦勺，笑著望向氣呼呼地鼓起腮幫子的亞里紗。

「……更何況，你應該早就……跟其他女孩子約好一起去了吧？」

「嗯～？沒有啊。我沒跟女孩子一起看過煙火呢。所以才想跟妳去啊！這可是我們第一次約會耶？」

「這……這才不是什麼約會！大家都會一起去啊！」

「所以，妳也願意參加嘍，亞里紗？」

「～～～唔！我不知道啦！」

「今年夏天能看到妳穿浴衣的模樣了啊。真令人期待～」

「等一下，我可沒說會穿浴衣去耶！」

「咦～！妳不穿啊？絕對會很適合呢。太可惜了～」

「才不適合呢！你不要擅自期待啦！」

看著在眼前嘻皮笑臉的健，亞里紗生氣地伸出手捏他的臉頰。儘管隔著一條馬路，兩人的笑鬧聲仍能傳入加戀耳中。

——他們是從何時開始變得這麼要好？

這兩人感覺沒有任何共通點。國中的時候，外型帥氣的健相當受女孩子歡迎，但個性輕浮的他，幾乎每天放學後都和不同的女孩子走在一起。

亞里紗正在跟他交往嗎？還是說，她只是像過去和健廝混的那些女孩子一樣，抱著玩玩的心態跟他互動？

要說的話，國中時期的亞里紗是個性有些認真過頭的女孩子。她鮮少跟男孩子交談，榎本虎太朗大概是她唯一偶爾會搭話的對象。

榎本虎太朗、山本幸大和柴崎健三人，從國中時期就是朋友。他們似乎都考上了櫻丘高中，現在想必感情也很好吧。

亞里紗之所以會跟健一起行動，或許是因為虎太朗這名共通的友人。

加戀和亞里紗只有國一時短暫同班過。在分班之後，她不清楚亞里紗過著什麼樣的生活，而且也不想知道——

不過，在下課或午休時間，她曾看過亞里紗獨自一人待在中庭裡，所以恐怕是被孤立了吧。有些女孩子甚至會躲在廁所裡說亞里紗的壞話。

回想起這些，加戀的胸口一陣刺痛。她將視線從亞里紗和健的身上移開。

進入櫻丘高中後，亞里紗似乎變了。她的表情看起來比國中時期開朗許多。跟健待在一起的她，感覺也很開心。

她的學校生活，充實到有能夠相約一起去煙火大會的對象。

（為什麼……我們會這麼不一樣呢……）

加戀表情蒙上一層陰影，不願再望向那兩人，只是加快腳步離開。

她不想被亞里紗發現。

不知為何，她覺得被亞里紗認出現在的自己，是一件悲慘無比的事情——

亞里紗身邊已經出現對她伸出援手的人。不對，她或許也不需要其他人伸出援手了。

因為她早就身處在照得到陽光、明亮而溫暖的世界裡。

可是，為什麼自己身處的世界，卻沒有任何改變呢？

（跟某個人交往、有男朋友的話……就會有所改變嗎？）

她會覺得每天都是開心的一天，能夠打從內心展露笑容，而不再只是表面上陪笑嗎？早起上學這件事，也能變得不再讓她感到痛苦嗎？

害怕失去歸屬之處，所以隨時都在察言觀色，戰戰兢兢地度過每一天——不是這樣的生活，而是身邊有能夠接納自己的人、有理所當然陪著自己的人，早上笑著以「早安」打招呼後，也能收到來自他人的一聲「早安」。

加戀所渴望的，不過是這種安穩而平凡的日子。

享受開心的事、跟他人變得親密，抑或喜歡上某個人。這些是壞事嗎？是無法被原諒的重大罪行嗎？

面對惠提出的交往請求，要是她回覆：「好啊。」現在又會是什麼樣的狀況呢？

返回住家大樓後，加戀打開大門入內。

她穿越空無一人的客廳，朝自己的房間走去。忙於工作的父母還沒有回來。他們今天

恐怕也會很晚才到家吧。母親還傳了「食材我都買好了，麻煩妳負責準備晚飯嘍」這樣的訊息給她。

加戀將手機和書包擱在桌上，在窗簾緊掩的昏暗房間裡鬆開制服鈕釦。

那兩人真的在交往嗎——

她脫下上衣，鬆開裙鉤，裙子瞬間唰地落在腳邊。

剛啟動的空調吹出涼爽的冷風，讓她發燙冒汗的肌膚緩緩降溫。

（就算真的交往了，又該做些什麼才好？）

加戀站在大型全身鏡前方審視自己。

成為男女朋友後，放學會一起回家、會出門約會、會和彼此牽手、也會接吻——

（還得做「那件事」才行嗎？）

關於交往中情侶會做的事，加戀並沒有無知或稚嫩到對這些一無所知。也並非完全不感興趣。

不過，她好歹還明白腦中的想像，跟實際去和某個人這麼做是不同的。

（不要……我做不到！）

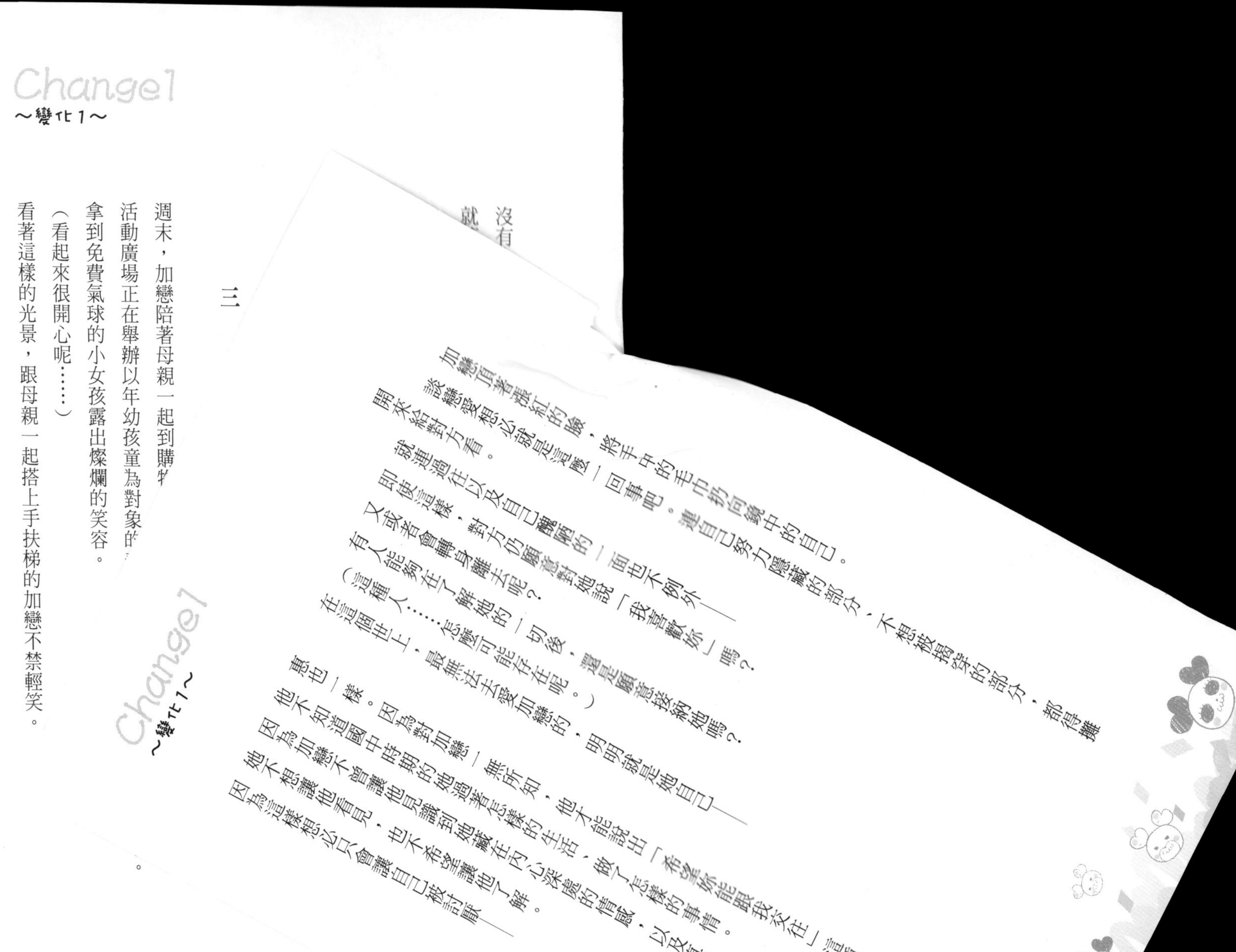

週末，加戀陪著母親一起到購物

活動廣場正在舉辦以年幼孩童為對象的

拿到免費氣球的小女孩露出燦爛的笑容。

（看起來很開心呢……）

看著這樣的光景，跟母親一起搭上手扶梯的加戀不禁輕笑。

加戀頂著通紅的臉，將手中的毛巾扔向鏡中的自己。

談戀愛想必就是這麼一回事吧。連自己努力隱藏的部分、不想被揭穿的部分，都得攤開來給對方看。

就連過往以及自己醜陋的一面也不例外——

即使這樣，對方仍願意對她說「我喜歡妳」嗎？

又或者會轉身離去呢？

有人能夠在了解她的一切後，還是願意接納她嗎？

（這種人……怎麼可能存在呢。）

在這個世上，最無法去愛加戀的，明明就是她自己——

惠也一樣。因為對加戀一無所知，他才能說出「希望妳能跟我交往」這種話。

他不知道國中時期的她過著怎樣的生活，做了怎樣的事情。

因為加戀不曾讓他見識到她藏在內心深處的情感，以及真正的模樣。

她不想讓他看見，也不希望讓他了解。

因為這樣想必只會讓自己被討厭——

這天是假日，擠滿人潮的購物中心相當熱鬧。

「媽要去賣隱形眼鏡的店，妳呢？」

抵達二樓後，母親轉頭這麼詢問加戀。

「我去看看衣服好了。」

「這樣啊。那我先過去嘍。」

「嗯。」

和母親分開行動的加戀，一邊眺望在通道旁並排的商店，一邊踏出步伐。

夏天才剛要到來，各家服飾店卻早已紛紛推出夏季特賣活動。

瞥見某間店家展示的服裝後，感到有些在意的加戀推開大門入內。那是一件看起來十分涼爽的淺藍色連身裙。

「好可愛喔……」

她伸手觸摸套在假人身上的這件連身裙。輕薄透氣的觸感從掌心傳來。

（如果能穿上這件連身裙出去玩……一定很開心吧。）

還在念國中時，加戀某天在放學後繞去逛購物中心，曾在服飾店和亞里紗巧遇。

被分到同一班的兩人，前陣子為了上體育課而前往更衣室換裝時，才第一次說到話。這天，亞里紗似乎是和朋友一起來逛街。

加戀回想起那時，她和亞里紗一起盯著某件以蕾絲和蝴蝶結點綴的服裝，然後笑著跟彼此說：「可惜我不適合呢。」

當初有跟她變成朋友的話，自己現在是不是也在櫻丘高中呢？

她們是不是也能像一般的朋友那樣，在假日相約外出、一起挑選服飾、一起吃漢堡、一起開心看電影？

「事到如今，還有什麼好說的……」

加戀垂下頭，以自嘲的語氣輕喃。

「您要試穿看看嗎？」

聽到女性店員這麼問，她才猛然抬起頭來。

「不用了，不好意思！」

加戀將手從連身裙上抽回，急急忙忙走出店內。

感到莫名難為情的她，一張臉也變得紅通通的。轉頭一看，方才招呼自己的女性店員露出了一臉不解的表情。

「那件連身裙真的很可愛呢……」

應該要試穿一下才對——雖然心中仍有些眷戀，但加戀選擇以「我沒有能穿上這種衣服的機會」說服自己放棄。

（反正也不會有人約我出去玩……）

這晚，加戀坐在自己的房間書桌前。寫完日記的她，準備把日記本放回上鎖的抽屜裡時，瞥見了塞進抽屜後方的一只黃色蝴蝶結。

明明不會再戴上它了——

然而，加戀卻怎麼也捨不得扔掉這只蝴蝶結，只是一直將它藏在抽屜深處。

「那個蝴蝶結是怎樣啊？她覺得自己這樣很可愛嗎？」

「有夠老土……」

「應該是戴給男生看的吧～」

國一時聽到的這些惡毒中傷，至今仍在加戀的耳畔繚繞。她大可將這些當作陳年往事，然後徹底放下，但——

（像個傻瓜似的……）

只要不會再想起來就好。只要扔了它就好。

那段時光還有什麼好眷戀的？

加戀抱著眼不見為淨的心態關上抽屜，再將它上鎖。

要到什麼時候，自己才能遺忘這樣的傷痛呢——

隔天的午休時間，在下午課程開始前的短暫時光，加戀坐在自己的座位上打發時間。早希則是翹起一隻腳坐在她的桌上。

「棒球社的經理是高二學姊？她是個美人呢～」

男生們一如往常聚在教室後方閒聊。惠感覺興趣缺缺的一句：「會嗎？」傳入耳裡。

早上，加戀踏進教室裡時，他一臉欲言又止的表情望向她。

加戀佯裝沒察覺到這點，匆匆走到自己的座位上坐下，之後不曾再和惠對上視線。

「真令人羨慕～！我也加入棒球社好了～」

「是無所謂啦，但我們的練習超級嚴格喔。不僅要晨練，週末也得參加社團活動。」

聽到惠的說明，他的友人隨即回覆：「那還是算了。」

或許是在互開玩笑吧，男生們開心地笑了起來。

「隅田挺帥氣的呢。」

原本在看手機的早希抬起頭，突然輕聲迸出這一句。加戀忍不住望向她。

「我可以收下他嗎？」

早希望著加戀的雙眼這麼問道。

加戀先是一瞬間語塞，接著又為了掩飾這樣的反應而露出傻笑。

「沒什麼不可以啊……是說，這跟我又沒關係。」

早希為什麼要問這種問題？

加戀不明白她是認真的，又或者只是一時興起。

（如果是認真的呢……？）

要是早希跟惠告白，兩人就此開始交往，他們會在放學後牽著彼此的手一起回家嗎？

（反正……也沒關係啊。）

加戀不會跟惠交往。拒絕他的告白的人正是她。

被加戀用那種態度拒絕之後，惠想必也不會再來找她說話了吧。

既然這樣，無論惠要跟誰交往，她都沒有資格湧現「不可以」的想法。

面對這股緩緩滲出的自私情感，加戀硬是將它壓回內心深處。

鐘聲響起，早希也從加戀的桌子上起身。

原本待在走廊上的同學們陸陸續續走回教室裡。

加戀的目光不自覺追尋著惠走回座位上的身影。

拉開椅子準備坐下時，惠不經意地轉過頭來。他發現加戀一直看著他了嗎？

在四目相接之前，加戀隨即移開了視線。

（這跟我沒有關係……）

她在心中反覆這麼說服自己。

她不會跟任何人「談戀愛」。

那是現在的自己不需要的東西——

我已經
不想再被討厭、
也不想引人注目！

Change2 ～變化2～

隅田惠

7月3日生
巨蟹座
很在意加戀，
因此向她告白。

Change 2 ～變化2～

棒球社的晨練結束後，隅田惠在社團教室裡換上制服，朝校舍走去。現在距離早上的班會時間還有十五分鐘。剛到校的學生們忙著在校舍玄關換穿室內鞋。

看到三浦加戀從鞋箱裡取出室內鞋，惠猶豫了一瞬間。

「早安。」

聽到他向自己打招呼，加戀將嘴唇緊抿成一條線，迅速別過臉去。

換上室內鞋後，她像是拒絕繼續和惠對話那樣快步離開。

眺望著這樣的她的背影時，有人從背後重重拍了惠一下，讓他踉蹌幾步。

「你徹底被她討厭了呢～」

同班友人以半調侃的語氣這麼說，同時伸手攬住惠的肩頭。

剛才向加戀道早安，結果被她無視的經過，大概都被友人看在眼裡了吧。

「還不是你們害的。」

惠皺著眉頭，從鞋箱裡取出室內鞋扔在腳邊，再把脫下來的運動鞋塞進鞋箱裡，然後忍不住嘆了一口氣。

因為友人的慫恿，就開門見山地詢問她：「妳有男朋友嗎？」實在是失策。

想起加戀以極其冰冷的眼神表示「問這種問題很噁耶……」的反應，他伸手搔了搔自己的一頭短髮。

（不過，這樣確實是太粗神經了啦……）

他之所以會去問加戀這種問題，並不光是因為自己猜拳輸了。

也不是因為友人的指使。他不會基於這些理由就採取行動。

（可是，「是我自己想知道」這種說法，聽起來果然像是在辯解吧……）

無論是問的時間點或方式，都糟糕至極。也難怪加戀會露出那麼不悅的表情。

因為不想就這樣被她鄙視或誤會，看到放學後獨自準備返家的加戀，他忍不住開口叫住她。

「希望妳能跟我交往。」

惠不是順勢說出這句話，也不是懷抱著輕佻的想法開口。

他是真心這麼想。然而——這麼做卻只是讓加戀再次動怒。

「你這樣讓我很困擾。」

想起加戀以堅定語氣道出這句話的模樣，惠的胸口便一陣刺痛。

（我徹底被她討厭了呢……）

這其實讓惠大受打擊。他目前仍無法振作起來。

常有人說他不擅言辭。也有人說他因為想法不會表現在臉上，讓人很難猜透。

基於這些原因，他試著以最直截了當的說法開口，但依舊沒能將自己的心意好好傳達給對方。

不過，就算傳達出去了，或許也不會改變被拒絕的結果吧。

「哎呀，女孩子多的是嘛～」

友人拍了拍惠的背這麼安慰後，便踩著階梯往上。

（沒了啦……）

或許還有其他女孩子，但讓他真心想交往的，就只有加戀一個人而已。

她想必沒有發現吧。

惠不是進入高中後才認識加戀，而是在念國中時，就已經知曉她的存在——

某天，在社團活動結束後，惠繞到車站附近的書店，在文具用品區的試寫紙上留下了這樣的文字：

『ＣＨＩＣＯ with ＨｏｎｅｙＷａｒｋｓ　超讚～!!』

想起自己以藍筆寫下的這行笨拙文字，惠不禁有幾分懷念。

在棒球社友人的推薦下，他徹底迷上「ＣＨｉＣＯ with ＨｏｎｅｙＷｏｒｋｓ」的歌曲，每天上下學的路上都會聽。

這天，惠終於成為棒球社的正式社員。他不僅收到了新球衣，還第一次參加了社團練習活動，所以心情格外亢奮。

再次造訪這間書店時，他赫然發現自己寫下的文字被人用紅筆批改過。「I」上方被打了一個叉而改成「i」，「a」也被改成「o」。在一旁的箭頭下方，有著「我也喜歡♡」的簡短留言，以及可愛的熊貓塗鴉。

為此感到難為情，惠拿起之前試寫的同一款藍筆，寫下這樣的留言回覆：

『我竟然拼錯字了～！ 抱歉 哭』

然後再追加一個哭泣白熊的塗鴉。

用紅筆寫下留言的那個人，不知道會不會看到這段回覆？惠沒見過對方，也不清楚對方是何許人物。不過，想必是個溫柔善良的女孩吧。若非如此，看到他因為得意忘形過頭而寫下的這行羞恥文字後，她不可能還會像這樣特地留言。

將筆放回架上後，惠走出書店，總覺得不想搭電車，於是選擇揹著棒球社的運動包一路跑回家。印象中，他回到家時已經天黑了，甚至還沒趕上晚飯時間，因此被罵了一頓。

但他的一顆心卻雀躍到難以言喻的程度——

Change2
～變化2～

之後又過了兩天左右，惠看見一名其他學校的女孩站在書店的文具用品區，面帶笑容地握著一支紅筆。以黃色蝴蝶結將一頭柔軟髮絲紮起的她，在試寫紙上不知寫下什麼後，便匆匆離開原地。

說不定就是那個女孩——惠這麼想著，馬上推開書店大門入內，走向女孩方才駐足的文具用品區。

『我原諒你!!』

看到以紅筆加上的這幾個字，還有在一旁遞出手帕的熊貓塗鴉時，惠不禁以手掩住自己變紅的臉。

就是她——

明白這一點的瞬間，自己所感受到的開心和亢奮感，惠至今都難以忘懷。

他隨即抬起頭，在店內尋找那個女孩的身影，甚至連其他樓層都巡過一輪，仍無緣和她相遇。沒有機會向對方搭話，他最後無可奈何地離開了書店。

自從這天以來，因為渴望再見到對方，惠時常在社團活動結束後刻意從書店外頭經

過，然後觀看店內的情況。儘管知道那個女孩穿的是不同學校的制服，但他不確定是哪一間學校，所以也無從找起。

在那之後，試寫紙上沒有再出現過新的留言，整疊紙也不知道什麼時候被換成新的。寫下新留言的話，對方或許還會再看到——惠好幾次拿起架上的筆這麼想。但到頭來，他總是因為不知道該寫些什麼，最後又默默把筆放回去。這樣的行動重複了好幾次。

或許再也見不到她了吧。正當惠打算放棄的時候——

在高中入學典禮那天，看到跟自己被分到同一班的加戀，他不知道有多麼吃驚。

光是知道她的名字、知道她過去就讀的國中、知道她跟自己同學年，就讓惠開心得像個傻子似的。

然而，升上高中的加戀，頭上不再綁著蝴蝶結，也鮮少展露開心笑容。就連跟朋友待在一起的時候，她看起來都是一臉乏味，總是露出像是在隱藏真正想法的那種尷尬笑容。

「不想被討厭……嗎。」

踩著階梯往上時，惠想起加戀這句話而發出輕喃。

Change2
～變化2～

她還說自己不想引人注目。

惠不知道她曾經發生過什麼事。

只是，她那時的吶喊聲，讓惠有種心如刀割的感覺——

或許，老實跟加戀說自己曾在書店看過她就好了？

不過，這只是惠單方面認識她，身為當事人的加戀，恐怕連有人盯著自己看都渾然不覺。

要是能跟那個女孩交往就好了——儘管當時還不知道她的名字，惠卻湧現了這樣的想法。

要是跟加戀說這些，感覺又會被她用「很噁耶」拒之門外。

畢竟是國一那時的事情，她或許已經不記得自己曾在書店試寫紙上跟人交流過。對加戀來說，那八成只是一段可有可無的過往。

惠走向教室，打開大門入內，班上同學們嘈雜的交談聲跟著傳入耳裡。

「啊！早安，隅田同學～」

坐在大門附近的女孩子朝惠打招呼。他回應：「早安。」

惠走到自己的座位上後，在附近閒聊的友人們隨即聚集過來。

「噯，今天放學後，我們去櫻丘高中看看吧？聽說那裡有很多可愛的女孩子喔。」

怎麼又在說這種……惠感到幾分沒好氣，淡淡回答：「我要練社團。」

在椅子上坐下後，他的視線不自覺地移往加戀的座位。

她在自己的座位上以手托腮，茫然地眺望窗外風景。她的兩名朋友在前方的座位上有說有笑。只有在被搭話的當下，加戀才會堆出笑容附和。

她的視線不經意飄往惠所在的方向。或許是察覺到有人盯著自己看吧。

下一刻，加戀隨即皺起眉頭別過臉去。

（我被她討厭了……對吧……）

這有如一直坐在冷板凳上看著比賽結束的感覺。惠不禁嘆了一口氣。

放學後，惠換上球衣到操場集合。社員們正在開討論會。

會議結束後，眾人兩兩一組做熱身操，做完之後便繞著球場外圍開始跑步。

Change2
～變化2～

白天時下過一場雨，所以地上的泥土還帶著水氣。

烏雲散去後，只剩下白色雲朵的天空晴朗無比。

做完熱身操後，正要開始練跑的惠不自覺望向球場的鐵絲網外頭。

原本駐足望向這裡的加戀，隨即垂下頭快步朝學校大門走去。

惠就這樣站在長椅旁眺望她離去的身影。片刻後，社團經理捧著棒球籃子走了過來。

她將看起來相當沉重的球籃放在長椅上，然後望向呆站在一旁的惠。

「怎麼啦～隅田？」

「學姊……妳有沒有被人告白後，卻覺得很不愉快的經驗？」

聽到惠在沉思半晌後道出的問題，學姊不禁圓瞪雙眼。

「唔～這個嘛……如果對方是自己討厭的人，或者他表現出來的態度令人反感，可能就會覺得不愉快了吧。」

經理雙手抱胸這麼回答後，不解地反問：「你怎麼會問這個？」

「……沒什麼。不好意思，我去練跑了。」

惠說完，將帽簷壓低，跟其他社員一起邁開步伐。

學姊揮揮手說：「慢走～」送他離開。

Change 3 ～變化了～

Change 3 ～變化了～

一

今天是期末考的第一天。英文考試結束後，班導回收了所有人的考卷，並且交代一句「要早點回家喔」才離開教室。

下一刻，教室裡隨即充斥著七嘴八舌聊天的聲音。有些人忙著對答案，有些人則是無力地趴倒在桌上。

「加戀，妳英文考得怎麼樣～？」

坐在加戀前方的早希這麼問道。原本忙著將鉛筆盒收進書包裡的加戀，隨即抬起頭來露出傻笑。

「這次的題目很難呢。」

「妳們在說英文考試嗎？閱讀測驗的部分我完全看不懂耶～」

Change3
～變化3～

坐在一段距離外的理繪也加入話題。

「不過，考試期間都能提早回家，倒也不錯啦～」

笑著這麼說之後，早希將視線移往正打算離開教室的一群男孩子身上。

「隅田，我們回家路上繞去哪裡逛逛吧？」

「你不用準備明天的考試嗎？」

「咦！怎麼，你不是課後輔導組的一分子嗎？」

「別隨便替別人決定啦。要是得參加課後輔導，我就不能去練社團了。」

「真沒意思～跟社團的練習相比，我寧可參加課後輔導呢。待在教室裡也比較涼快啊～噯，你也加入課後輔導組嘛！」

「我才不要。」

惠揹起書包，正準備和友人們一起走出教室。

早希一把拎起掛在課桌旁的書包，從座位上起身。

「抱歉，我先走嘍。」

塗上唇蜜的嘴角微微揚起，她追著惠的背影離開了教室。

「咦……早希她是怎麼了啊？」

面對早希突如其來的行動，理繪也愣在原地。看來她並沒有事先聽說什麼。

——隅田挺帥氣的呢。

加戀默默將筆記本收進書包裡。

「加戀，妳接下來要做什麼～？」

「……我想去圖書館一趟再回家。」

「是喔，那再見啦～」

理繪輕輕朝加戀揮了幾下手，返回自己的座位上。

加戀隨即收起方才堆出來的笑容，然後從椅子上起身。

她刻意忽視在胸口蔓延開來的一股混濁、沉重的情感，將雙唇緊抿成一條線。

（這跟我無關呀……）

Change3
～變化3～

隔天考試結束後，加戀換下室內鞋並步出校舍。走到被鐵絲網圍住的操場旁時，她放慢了自己的腳步。

放學後，操場總是充斥著運動社團社員的吆喝聲，今天卻連半個人影都沒有，所以相當安靜。

暴露在刺眼的陽光下，施工整理過的地面彷彿開始扭曲。

加戀不自覺地望向前方，結果看到同樣在鐵絲網旁停下腳步的惠。

他將一隻手插進褲袋裡，以一臉不滿足的表情眺望著操場。

是因為考試期間無法練社團的緣故嗎？

熱中於社團活動的惠，幾乎每天放學後都會換上球衣練習。他就是如此喜愛棒球吧。

加戀站在一段距離外，以茫然的表情看著這樣的他。

這時，「隅田～」一個女性嗓音的呼喚聲傳來。早希跑步趕到惠的身邊。

待惠邁出步伐後，她便走在他身旁搭話：「今天的考試啊～」

加戀將視線從走出大門的兩人身上移開。

「請問……我可以跟妳們一起吃便當嗎？」

在開學典禮約末過了兩星期的某天，加戀下定決心，向在自己前方座位上有說有笑的早希和理繪搭話。第一次換座位後，她換到了早希後方的座位。

其他要好的女同學不是把課桌併在一起，就是拿著便當一起走出教室。所以，加戀判斷在自己前方座位談笑的兩人，應該比較容易搭話。

聽到加戀這麼說，早希和理繪瞬間停止交談，然後面面相覷。

「妳是……三浦同學？」

先開口的人是早希。

「嗯……啊！請多多指教！」

加戀向兩人低頭致意後，早希將自己的椅子轉過來，把便當放在加戀的課桌上。

理繪也說了聲：「那就打擾嘍～」然後把自己的椅子搬過來坐下。

「三浦同學，妳打算參加什麼社團？」

理繪這麼問。

「我可能不會參加吧……因為我得早點回家幫忙。」

「哦～真能幹。妳是個認真的孩子呢～」

早希這麼說著，咬下手中的三明治。

「……妳們會加入社團嗎？」

「我應該不會。我本來就對參加社團沒什麼興趣，也不喜歡社團活動的那些規定。」

「我懂～！到了夏天還要練社團什麼的，感覺很累人耶～這樣根本沒有暑假可言啊，饒了我吧～」

聽著早希和理繪的對話，加戀露出笑容，附和道：「我也這麼覺得。」

自這天以來，加戀開始和這兩人一起吃便當一起行動。現在，早希和理繪也不是稱呼她「三浦同學」，而是改口叫她「加戀」。

這兩人理應有把自己當成朋友才是。她不想被她們討厭——

這天是考試期間的第五天。待最後一科考完後，終於解脫的心情，讓教室變得比以往更來得嘈雜。

女生們聚集在一起討論「放學後繞去買東西吧？」的計畫。

這個星期以來，大多數學生連休息時間都在努力準備考試。

放學回到家後，加戀也總是在書桌前念書，直到就寢時間為止，所以考試結束也讓她鬆了一口氣。

每個科目的答題卷欄位，她幾乎都有順利寫下答案。這幾天回到家之後，她也好好對過答案，發現自己大部分都答對了，因此分數應該不至於太糟糕。

加戀將試題卷和鉛筆盒一起收進書包裡。

（要繞去書店逛逛再回家嗎……）

車站附近的某間書店，內部規劃了寬廣的文具用品區，販賣的筆的種類也相當豐富。除了文具用品以外，店內還有不少可愛的日用雜貨。就讀國中時，加戀總是在同一個車站上下學，所以她時常造訪那間書店。

她現在用的筆剛好沒水了，也想買新的筆記本。一直想看的小說早就出版了，但因為遇上考試期間，加戀一直忍耐至今。要是先把小說買回來，她恐怕會忍不住在念書的空檔翻開它。

正當加戀準備起身回家時，在前方座位上翹腳看手機的早希轉過頭來。

「加戀，不好意思～我今天原本跟朋友約好去玩，但現在不能去了，妳能代替我赴約嗎？」

「咦……我嗎？」

加戀困惑地反問。

「我朋友是其他學校的學生。聽說也有男生會來，導致女生的人數不夠，所以她才拜託我參加～」

「這樣啊……」

聽到有男生參與，加戀腦中閃過一絲不安。過去，早希都不曾拜託過她這種事情。

「好像去唱個歌就可以解散了。妳大概配合他們一下就好。」

「可是……我不認識那些人耶。」

這樣絕對會很尷尬。加戀沒有自信可以跟初次見面的人相談甚歡。

再說，她對其他成員一無所知，就算代替早希赴約，也絕對無法讓大家玩得開心。恐怕只會讓氣氛變得很無趣。

「那些人不會在意的啦。妳到車站跟他們會合就好。我會幫妳轉達。」

早希帶著笑容補上一句：「那就拜託妳嘍。」然後從座位上起身。

「理繪，我們回去吧～」

「這次考試搞砸了……我搞不好得參加暑期輔導。原本還想在暑假時去打工呢～」

「我也來打工好了～因為我想去看演唱會呢。」

這麼朝理繪搭話後，早希便和她一起走出教室。

對方是早希的朋友。既然早希已經告知加戀會代替自己赴約一事，對方想必也已經同意了吧。

加戀憂鬱地嘆了一口氣，不情願地從座位上起身。

二

在車站外頭集合的成員，是早希的兩個女生朋友，以及三個男生。

一如早希所說，她事先告知加戀會代替自己赴約，所以是這群人先開口叫住了加戀。

一行人大約在附近的ＫＴＶ待了兩小時左右。兩個女孩一開始還會跟加戀攀談，之後也只顧著自己玩樂，沒再把話題帶到加戀身上。

就算主動跟她們說話，得到的回應也總是很簡短，於是加戀漸漸不再開口。

反倒是另外三個男孩子一直執拗地向她搭話。他們東問西問了一堆問題，加戀最後乾脆放棄回答。待在包廂裡的這段期間，加戀大概只唱了一首歌。她的歌喉並不算好，也鮮少踏入KTV這種地方，更不習慣在人前唱歌。這段時間讓她如坐針氈。

然而，在場成員之中有早希的朋友。要是中途離開，或許會讓她們感到不悅。想到這種可能性，加戀只能一直陪笑，試著迎合他人，直到唱歌的時段結束為止。

終於熬過兩小時之後，一行人踏出KTV，發現外頭不知何時下起雨來。

而且雨勢還不小。斗大的雨點不斷從漆黑的烏雲落下。

（還好我有帶傘……）

早上的氣象預報似乎有說今天會下雨。幸好母親有提醒她帶傘。加戀站在KTV外頭撐開自己的折疊傘。

「我們還有事，所以要先走了。再見嘍，三浦同學。」

兩個女孩子向加戀輕輕揮了幾下手，隨後便快步離開。

「啊！那麼……我也……」

加戀這麼開口，小小聲說著：「再見嘍。」向另外三個男孩道別，便準備離開。

「咦～妳也要走了啊，三浦同學？再玩一下子也無妨吧？」

其中一個男孩子揪住加戀的手腕。

這個突如其來的舉動，讓加戀嚇了一跳，像是企圖逃跑般不自覺地後退了幾步。

「我們接下來要去電玩中心，妳也一起來吧？我們會請客的～」

「我……我還有事……」

加戀甩開男孩子的手，準備離開現場時，卻馬上又被另一個男孩子擋住去路。

「再玩個一小時左右，應該沒關係吧～？」

「不趕快回家的話，我會挨罵的……對不起！」

「妳說有事，是家裡的事嗎？別管它就好啦。不然，我們一起去妳家也是可以喔～」

看到男孩子們帶著不懷好意的笑容逼近，一心想逃離的加戀表情變得僵硬。

要是他們真的跟著自己回家，可就傷腦筋了。她的雙親總是很晚歸，所以家裡現在沒有半個人在。

看到加戀的表情驟變，其中一個男孩子詢問：「該不會妳家其實都沒人在吧？」

「真的……很抱歉……我得回去了……！」

～變化3～

加戀反射性推開男孩子衝了出去。對早希有些抱歉，但她不想再和這些人扯上關係。

奔跑時的水花濺濕了她的鞋子。雙腳感覺好冰冷。

握在手中的傘幾乎沒有派上任何用場。從傾斜傘面滑落的雨水，逐漸打濕加戀身上的制服。

途中險些撞上路人時，雖然被對方怒聲斥責：「走路小心點！」但加戀已經氣喘吁吁到無法開口道歉的程度。

「喂，等等啦！」

「別逃啊！」

加戀轉頭，發現那三個男孩已經追了上來。

一下子就被拉近距離，她急急忙忙逃進一條窄巷裡。

（怎麼辦……！）

她焦急得雙手雙腳止不住顫抖。

早知道就不來赴約了——

恐懼讓她開始眼眶泛淚。

加戀在陌生道路上一股腦往前衝，最後來到一座高架橋下。

「喂，別逃啦！」

似乎開始不耐煩的男孩們發出怒吼。

加戀拚命奔跑離開高架橋下方，來到位於車站後方的腳踏車停車場外頭。

被一路追趕到鐵絲網旁的她，上氣不接下氣地轉身。已經無路可逃了。

「都叫妳別逃了，妳是沒聽到嗎！」

一名男孩粗魯地伸出手。加戀原本以為他打算揪住自己的肩頭，沒想到對方狠狠推了她一把，險些跌倒的她連忙攀住一旁的鐵絲網。

另一名男孩則是從旁猛地踹了鐵絲網一腳，網子因此劇烈搖晃，同時發出喀鏘喀鏘的聲響。

加戀不禁發出尖叫聲，將身子移向一旁躲開。她將傘柄揣在懷中，緊緊閉上雙眼。

「不……不要靠近我……！」

「啥～？我聽不到耶～妳再說一遍看看啊！」

「三浦同學～妳懂不懂啊？我們現在已經知道妳的名字、還有妳念哪一間學校了。我們之後可以每天去接妳放學喔～？」

Change3
～變化3～

男孩們調侃說道：「這樣妳也無所謂嗎～？」同時發出令人不快的笑聲。

一名男孩用力揪住加戀的手腕，一把將她拉向自己。

「呀啊！」

加戀尖叫出聲，原本緊握的傘也跟著落在腳邊。

雨水不斷落在反向落地的雨傘內側。

「別碰我！」

「妳很吵耶。只是要妳再陪我們玩一下而已啊。」

「快走開……不要靠近我！」

加戀使盡力氣放聲大喊，用力揮舞手中的書包。

「啊～！麻煩死了。讓這傢伙老實點吧！」

待其中一名男孩這麼下令，另外兩人伸出手企圖壓制加戀。

「不要！別過來！」

「妳別哇哇叫啦～！」

加戀胡亂揮舞的書包，從下方擊中朝她怒吼的男孩臉龐。

男孩按住自己的下頷，發出痛苦呻吟。

加戀死命將書包擁進懷裡，以顫抖的雙腳一步步後退。

她好怕。好害怕、好害怕，害怕到極點。

她不明白這些男孩子為何執意糾纏自己。待在KTV包廂裡時，即使被他們搭話，她也一直以冷淡的態度回應。難道這就是原因嗎？

就算今天能順利逃掉，一如這些人所言，他們以後說不定會跑到學校門口來堵人。

（怎麼辦……………！怎麼辦啊……！）

加戀甚至不知道能向誰求救。她的腦中此時一片空白，無法做出冷靜的判斷。

恐懼和不安讓她的心跳聲變得急促。每一次呼吸時，心跳聲彷彿都變得更為劇烈。

她整個人都被雨水打濕，水滴不斷從髮絲和臉上滑落。

加戀將「救命啊」三個字和空氣一同吸進體內。

向他人求助也無濟於事。現場沒有人能幫助自己。

只能靠自己做點什麼了。能夠保護自己的人，就只有自己。

看到眼前的男孩舉起拳頭，加戀在千鈞一髮之際以書包保護自己的臉部。

Change3
～變化3～

雖然勉強以書包擋住落下來的拳頭，但這股力道讓加戀重重踉蹌了一下，整個人跌在有水坑的柏油路上。

「開什麼玩笑啊！」

氣得滿臉通紅的男孩，再次舉起拳頭準備攻擊加戀。

「喂，住手啦……只是要嚇嚇她而已啊……」

眼見情況不妙，一名男孩試著從旁制止。但一心只想對加戀動手的男孩，看似已經氣到失去理智，恐怕也聽不進勸阻吧。

雖然跌倒時膝蓋擦傷破皮，整個人也完全變成落湯雞，但加戀現在顧不得這些了。

她一把握住因為掉在地上而承接了滿滿雨水的傘，「嗚哇啊啊！」一邊吶喊一邊瘋狂用雨傘敲打企圖攻擊自己的男孩。雨水灑到她的身上，傘則是擊中男孩的腳。

趁對方有些退縮的時候，加戀對自己顫抖的雙腳使力，從原地爬了起來。

「我都說……要你別碰我了吧……！」

她竭盡力氣怒瞪對方，然後擠出這句話。

剛才因為她的使勁揮舞，書包的鎖釦鬆開，裡頭的筆記本和鉛筆盒也全都掉出來，落進路面的水坑裡。加戀緊緊握住書包的提把。就在這時——

「喂，你們幾個在幹什麼！」

聽到這個彷彿足以阻斷巨大雨聲的嗓音，加戀的身子一震。

三名男孩將視線移向聲音傳來的高架橋下方。

身穿制服的惠站在那裡。

看到他扔下塑膠傘趕到自己身邊，加戀不禁瞪大雙眼。

額頭上的雨水流進眼睛裡，讓她的視野變得模糊。

（為……什麼……）

一般學生不會湊巧經過這條路。還是說，惠剛好把腳踏車停在旁邊的停車場裡呢？

原本緊繃的身子突然變得無力，加戀差點一屁股跌坐在地。看到熟識的人出現，她感到放心的程度，遠超過自己的想像。

「你是誰啊？這跟你無關，少礙事！」

一名男孩不悅地這麼警告惠。

Change3
～變化3～

「誰說跟我無關了！」

惠大聲駁斥，然後像是要保護加戀那樣擋在她的前方。

「我才要問你們究竟在搞什麼東西……！」

以低沉嗓音這麼開口後，惠一把揪住那名男孩的衣領。此刻，他的另一隻手早已緊緊握拳。被他揪住衣領的男孩，發出呼吸困難的痛苦呻吟。

看到惠高舉起拳頭，「已經夠了！」加戀趕緊及時制止。

要是跟其他學校的學生起衝突，惠就會被棒球社開除。就算能繼續留在社團裡，他恐怕也不會再有上場比賽的機會。

惠止住了動作。他先是一瞬間垂下眼簾，接著才用力放開男孩的衣領，讓對方往後踉蹌好幾步。

「喂……走了啦。」

男孩們尷尬地互看了幾眼，然後轉身離開。

其中一人還恨恨地瞥了加戀一眼，不滿地「嘖！」了一聲。

「……原來有男朋友啊。我可沒聽說耶。」

「有夠無趣……」

「去電玩中心吧。」

加戀和惠雙雙無語地佇立在雨中，直到這些男孩的嗓音和身影消失為止。

不知道過了多久，加戀才蹲下來撿拾掉在地上的鉛筆盒。

惠猛然回過神來，也蹲下來幫忙她撿起筆記本。

看到惠遞過來的筆記本，現在的加戀實在沒有勇氣直接望向他的臉。

「……謝謝。」

她低垂著頭輕聲這麼說，把已經濕透的筆記本和弄髒的鉛筆盒一起收進書包裡。

她望向手中的傘，發現傘骨已經變形損壞。這是她很中意的一把傘。

自國中時期開始，她明明都很珍惜地使用這把傘——

她身上的制服和鞋子已經完全濕透。擦傷的膝蓋滲出了鮮血，混合著雨水流淌下來。

「……妳還好嗎？」

先從原地起身的惠微微彎下腰，朝加戀伸出一隻手。他被打濕的一頭短髮也不停滴著水。

他透露出顧忌的一雙眼睛，倒映出自己因為眼淚幾乎潰堤而扭曲的臉孔。

這讓加戀覺得自己可悲又悽慘。她有種挨了重重一擊的感覺。

無論再怎麼逞強，要是沒有惠出手相助，她甚至無法好好保護自己。

加戀帶著陰鬱的表情垂下頭。

惠戰戰兢兢地將手伸向她的手臂。他或許是想將加戀從地上拉起來吧。儘管明白這一點，但現在的她不願意依賴這隻手，因此將它揮開。

加戀以顫抖的手揪住自己的裙襬，勉強擠出一句：「對不起……」

「我……已經不要緊了，所以……你別再管我了……」

低垂著頭這麼說之後，她搖搖晃晃地起身，撿起掉在地上壞掉的傘。

惠收回伸出的手，沒有再多說什麼。

三

把壞掉的折傘收起來硬塞進書包裡，加戀踏出感覺變得極為沉重的步伐。

（總覺得好累啊……）

她在書店外頭停下腳步，隔著大門望向位於深處的文具用品區。

「對喔，要買筆和筆記本……」

她這麼輕喃，然後推開大門入內。

濕透的制服和身體，讓空調的強力冷風吹來更加冰冷。

加戀來到文具用品區，看到陳列各式筆類的架子上擱著一疊試寫紙。

她伸手抽出自己愛用、也一直持續回購的那款筆。

今天實在是——

加戀原本打算放學後造訪這間書店，把自己要用的筆、筆記本，以及很在意後續發展的小說買回去。

接著去住家大樓附近的超市採買，然後回家煮晚餐。因為她總會等父母下班回到家再一起吃飯，用餐時間大概都落在九點過後。

吃完晚餐，好好泡個澡後，回到房間閱讀買回來的小說，這樣的夜晚令她期待不已。

今天原本應該是這樣的一天才對——

儘管沒有特別值得寫進日記裡的事，但至少能讓她感到小小的滿足。

早希拜託她赴約時，她應該要回絕才對。倘若那時能態度堅定地表示「抱歉，我今天也有事呢」，也不至於遭遇這種事情了。

這理應是一件很簡單的事情。然而，要是拒絕了，可能會讓早希不高興，甚至開始討厭她。加戀就像這樣在心中胡亂揣測，也因此無法道出拒絕的話語。

她將筆緊握在手中，凝視著一旁的試寫紙。

（為什麼……我就是這麼……無法改變呢……）

國中時亦是如此。

跟朋友待在一起時，加戀無時無刻不在察言觀色，為了不讓自己被討厭，總是一味附和他人的意見，無法說出自己內心真正的想法。

若是像這樣迎合他人，她就不會被孤立。也不會有人在背後說她壞話，或是做出惡整她的行為。這一切都是為了保護自己。加戀認為這是守護自己的歸屬之處所必須的。

儘管女孩子們在說其他人的壞話，她仍會笑著附和：「就是說啊～」

不只有我，大家都在說啊——她這樣為自己找藉口。

因為她——亞里紗也一樣。

國一時，一開始在班上遭到孤立的人是加戀。她很喜歡可愛的小東西或流行商品，去上學時，也總會用自己心愛的蝴蝶結將頭髮紮起。然而，光是這樣，便讓其他人在背地裡說她「愛討好男生」、「太得意忘形了」等等的壞話。

她並不是想要裝模作樣。她不過是單純喜歡可愛的東西而已。

她的課桌經常被人塗鴉寫下刻薄的字眼。也有人故意把垃圾或寫著中傷字眼的紙張塞進她的抽屜裡——

班上沒有一個人對她伸出援手。其他女同學害怕自己也遭到排擠，因此都選擇迎合周遭的做法，避免跟加戀說話。

就算加戀主動攀談，這些女同學也總是對她不理不睬，抑或表現出不悅的態度。

自己為什麼得招人厭惡到這種地步呢？

究竟做錯了什麼？

孤單地坐在座位上的加戀，每天都在思考這些問題。

她明明就像其他同學那樣來上學，很平凡地說說笑笑度過一天而已。

她並沒有想要引人注目。也不覺得自己哪裡得意忘形。恥笑她喜歡討好男生的說法，不過是穿鑿附會。實際上，加戀很不擅長跟男孩子相處，所以也不會積極向他們搭話。

就算試圖這麼解釋，也沒有人願意傾聽或是嘗試理解。

無論受傷的加戀哭喊多少次，都無人願意同情她。

大家只會繼續在私底下說些「她是自作自受」、「有夠愛演耶」之類的壞話。

沒有任何人願意幫助她。

沒有人願意伸出手，將她帶離這個昏暗又狹窄的世界。

她也一樣——

附和其他女孩子的說法，跟著她們笑。

這是同等的罪行。加戀這麼認為。

所以，就算換她被孤立、被班上同學在背地裡中傷、被他們惡意捉弄，也是無可奈何。這是理所當然的報應。

她是這麼想的——

加戀加入直到昨天都還在說自己壞話的那群女孩，一起熱烈地說那個女孩的壞話，然後附和：「就是說啊～」

這樣一來，她就不用再經歷被孤立的辛酸。也不會再被人惡整。

想度過自己一心嚮往的平凡學校生活，原來是如此簡單的一件事。加戀在內心鬆了一口氣。

一個人吃營養午餐、沒有半個說話對象、因為一些小事而被人在背地裡說壞話、被惡意捉弄，這些是多麼煎熬的事情。而那些惡毒的話語，又會在心中留下多深而難以痊癒的傷口——這些，加戀並非一無所知。

但她裝作沒有察覺。表現出視若無睹的態度。

無論是那個女孩茫然眺望窗外的辛酸表情，或是她偶爾望向加戀的那雙欲言又止的眼睛。

Change3
～變化3～

其實——

那個女孩是為了加戀，才會遭到孤立，被人在暗地裡說壞話。

要是能繼續迎合其他人，跟她們一起笑著說加戀的壞話，亞里紗也不至於成為新的攻擊目標。

她理應也知道這才是真正聰明的做法。

為了保住自己的歸屬之處，每個人都在迎合他人，然後犧牲掉某些人。

所以不是只有她一個人有錯。

然而，她卻試著對加戀伸出手。

試著幫助加戀——

「再這樣下去不行啦！」

還在念國中時，踏進教室的她聽起來像是下定決心般的那聲吶喊，現在彷彿再次浮現

在耳畔。

（她……說得沒錯呢……）

淚水從加戀的眼眶溢出，沿著臉頰滑落。

並不是無人願意幫助她。

因為太痛苦、太痛苦了，她撕心裂肺喊出的那聲：「別再這樣了。」並非沒能傳達給任何人。

有人對身處黑暗之中的加戀伸出手，企圖將她從那裡拉出去。

然而，揮開對方的手，甚至將她推進這片黑暗，讓她代替自己的人，不是別人——正是「加戀自己」。

她找理由為自己開脫，忽略自己醜陋的一面，企圖只讓自己獲得救贖。

明明應該還有不同的選擇，還有不一樣的未來存在才對。

如果她當初能再鼓起一些勇氣，再對自己的內心坦率一點的話。

或許，兩人就能自然地變成朋友，一起吃營養午餐、一起去逛購物中心、一起繞進某間書店，在裡頭討論彼此喜歡的小說或漫畫。

這樣一來，她的國中三年一定能變得更開心更充實，而不會是那種無趣黯淡的日子。不會是讓她壓根不願意回想的一段時光。

她們或許會報考同一所高中，然後至今仍——

回過神來的時候，加戀發現自己的淚水止不住地往下掉。淚滴沾濕了一旁的試寫紙。

自己當初為什麼沒能做到呢。為什麼沒有這麼做呢。

還在念國中時，加戀不曾覺得跟班上的女孩子在一起很開心。

而那些女孩，恐怕也沒有將她當成朋友看待吧。

她們每天盡是在說別人的壞話。或者是觀察別人被惡意捉弄後的反應，然後在一旁竊笑。

加戀並不打算說出「其實我並不想做這種事」這類漂亮話。

她跟那些女孩子混在一起，跟她們做出相同的行為，所以也跟她們同罪。

可是，如果——

只要一次就好。那時，如果她能鼓起所有的勇氣表示「別再這麼做了吧」。聽到那些女孩說其他人壞話時，不是點頭附和，而是回應「我不這麼覺得耶」。

現在，她恐怕也不會這麼厭惡自己了吧。

加緊握著手中的筆，然後閉上雙眼。

升上高中後，她的人生完全沒有改變。

因為害怕被孤立，她總是小心翼翼地觀察朋友們的臉色。

即使是自己排斥的事情，她也無法說不，只能笑著含糊帶過，竭盡所能來守護自己，還有自己身處的這個狹隘世界。

她明明知道對自己來說，什麼才是最重要的東西。

要是繼續維持現狀，她恐怕又會像以前那樣，再次失去重要的事物。

Change3
～變化3～

必須改變才行——

為了不再重蹈覆轍。

為了打造出自己真正的歸屬之處。

亞里紗將一頭長髮紮成雙馬尾的背影，此刻浮現在加戀的腦海之中。

那時的她，想必也跟現在的自己有著相同的心情吧。

過了三年，加戀才感覺亞里紗的聲音終於傳進自己內心。

（太晚了……真的太晚了啊……！）

溢出的淚水滑過透露出幾分自嘲的唇瓣，然後滴落。

倘若自己能更早一點發現就好了。

在這段期間，她究竟失去了多少重要的東西呢？

加戀不自覺地揪住已經濕透的制服胸襟。

「咦……妳是三浦同學對吧？」

突然聽到有人呼喚自己，加戀像是觸電般抬起頭。

這名身穿櫻丘高中制服，原本正打算走出店內的男孩子，在途中停下腳步。以髮夾固定住瀏海的他，給人有些輕浮的感覺。

「柴……柴崎同學……」

因為慌張，加戀連說話音量也變得很小。

之前和亞里紗一起走在路上的柴崎健，看到加戀渾身濕透的模樣，不禁瞪大雙眼。他還記得自己的名字這點，讓加戀倍感意外。

加戀沒有跟健同班過，不過，國一的時候，她記得健經常到自己的班上露臉。因為他的朋友跟加戀同班。

在這之前，加戀沒有跟他說過話。健可說是女生之間的話題人物，加戀也只是因為這樣，才會知道他的名字和長相罷了。

所以，加戀壓根不認為健會記得自己。

他是從國中時就知道加戀的存在嗎？包括她和其他朋友一起說亞里紗壞話的事情在內。

也或許，他是從亞里紗那裡聽來的。

Change3
～變化3～

亞里紗她——是怎麼看待當初發生的那些事呢？

加戀將原本緊握在手中的筆放回架上，然後別開視線。

健伸出手撥了撥瀏海，在思考半晌後轉身朝加戀走來。

「呃～好久不見了？雖然沒跟妳說過幾句話，但我們是念同一所國中對吧～？我記得妳跟亞里紗同班？」

他露出十分具有親和力的笑容朝她搭話。

聽到健自然而然道出亞里紗的名字，加戀有些吃驚地將視線移回他身上。

「柴崎同學……你跟亞里紗……高見澤同學在交往嗎？」

聽到她這麼問，健沉默了幾秒。令人意外的是，他的臉頰開始泛紅。

「啊……呃……很遺憾的，我還在單戀呢。」

健以手掩嘴，看似有些害羞地這麼說。

加戀不禁直直盯著他的臉瞧。

「這樣……呀……」

「是說……我很在意妳怎麼會這樣淋成落湯雞耶。」

以輕鬆的語氣這麼詢問後，或許因為兩隻手閒到發慌，健伸手拿起一支試寫用的筆。

「因……因為我的傘……壞掉了……」

草草這麼回答後，健將視線從筆尖拉回加戀身上。

「這場雨來得很急呢～我原本要走去車站，因為沒帶傘，只好慌慌張張跑進這間書店躲雨。原本想說雨大概晚點就會停了，但還是一直在下～」

健望向書店大門，然後露出開心的表情說：「喔！雨停了耶。」

加戀也跟著將視線移向外頭。夕陽餘暉灑落在潮濕的地面上。

「三浦同學，妳這樣渾身濕透很容易感冒喔。還是趁現在趕快回家吧？」

健散發出來的氣質，以及他給人的印象，也變得不一樣了。他說話的感覺、笑起來的樣子，似乎都變得比較自然。

國中的他在和女孩子聊天的時候，雖然也會笑，但總讓人有種心不在焉的感覺。

「柴崎同學……高見澤同學現在過得好嗎？」

回過神來的時候，加戀發現自己已經這樣問出口。

以名字稱呼亞里紗，讓她有幾分抗拒。畢竟兩人的關係並沒有親近到算得上朋友。

念同一所學校的同班同學——充其量只是如此罷了。

她想必沒有資格像健這樣，直接用名字稱呼亞里紗吧。

不過，健刻意改口說：「亞里紗她……」然後轉過來對加戀展露笑容。

「過得很好喔。妳呢，三浦同學？」

突然被他這麼反問，加戀不禁露出困惑的表情。

（我…………）

即使說謊也沒關係，回答他「我過得很好」就行了。然而，她卻說不出口。

「……高見澤同學在學校也過得很開心嗎？」

之前跟健走在一起的她，不同於過去，看起來十分有活力。

亞里紗的臉上完全沒了消沉或鑽牛角尖的表情。無須特地詢問健，也知道她過得很好吧。

「她跟班上同學相處得好嗎？有沒有……交到朋友呢？」

「妳很在意啊？」

健筆直望向加戀這麼問。

「如果在意的話，妳可以自己去問她啊。妳們之前是朋友吧？」

「我們…………並不是朋友…………」

（我怎麼可能……說自己是她的朋友呢……我明明……明明對她做了……那麼過分的事……）

亞里紗想必已經——

加戀用力皺起眉頭。

「咦？那不然……妳們是摯友嗎？」

「不……不是啦！」

看到加戀慌忙抬起頭否定，健不禁笑了起來。

「雖然搞不太清楚，不過妳叫她亞里紗就好啦。國中的時候，妳是這麼叫她的吧？」

健想必發現了，兩人一開始交談時，加戀是直接用名字來稱呼亞里紗。

因為很難為情，加戀垂下頭掩飾自己羞紅臉的反應。

「如果不是朋友，也不至於這麼在意對方的事吧？我認為亞里紗應該也一樣喔。」

「呵」地笑了一聲後，健輕輕揮手向加戀道別：「再見嘍，三浦同學。」接著便走向店外。

（亞里紗她也…………？）

加戀抬起頭，匆匆擦乾自己淚濕的臉頰。

「等等，柴崎同學！」

她緊緊握住書包提把，追著健跑到店外。

烏雲散去後，天空呈現一片亮晃晃的金色，偶爾仍會落下些許雨滴。

「柴崎同學！」

再次出聲呼喚後，前方的健停下腳步轉過頭來。

原本要將「高見澤同學」幾個字脫口而出的加戀，先是緊緊抿唇，接著又像是下定決心般開口。

「下次遇見亞里紗的時候，請幫我轉告她……！」

健轉身望向加戀，帶著笑容靜靜傾聽她的發言。

「等我能夠變得更喜歡自己的時候……我會去找她的！」

加戀對著人不在現場的亞里紗，竭盡力氣這麼放聲大喊。

就算被她討厭也無所謂。

就算她不原諒自己也無所謂。

亞里紗當時的那句話，已經確實傳達到自己心裡了。加戀想把這件事告訴她。

她鼓起勇氣替自己發聲，不知道讓加戀有多麼開心。

念國中的時候，要是能跟她多說幾句話就好了。

她想跟亞里紗做朋友。

然而，因為她太懦弱，光是要保護自己，便已經耗盡所有的力氣，所以讓亞里紗受傷了。

關於這點，加戀也想向她道歉。

事到如今，她明白自己說這些未免太過自私了。

她不會要亞里紗把過去的一切當作完全沒發生，然後跟她重新來過。

一旦走錯路，便無法再回頭。這點道理她還是懂的。

所以，至少這次，她想找出通往正確答案的那條路。

她可以這麼想嗎？

她可以這麼期望嗎——

「總覺得……妳跟亞里紗還滿像的耶，三浦同學。」

健這麼說，然後露出有些焦急的笑容。

「是………這樣嗎？」

「很像喔。該怎麼說呢……就是有些笨拙的地方？妳不需要說這種話，現在直接去找她就好了啊。」

真的是這樣沒錯呢。加戀不禁跟著健一起笑出來。

不過，現在的她還太弱小了。她希望自己能確實改變後再去見亞里紗。

她希望有天能夠像那時的亞里紗一樣，以強大的自己為榮。

她想好好面對過去的自己，然後以最真摯的心向亞里紗說出「對不起」。

「……我會確實幫妳轉告亞里紗的。」

健先是以認真的表情這麼說，隨即又露出笑容。

目送他的背影走向車站後，加戀輕輕一鞠躬，然後微笑。

（謝謝你，柴崎同學…………）

Change4 ～變化4～

Change 4 ～變化4～

一

這晚，將晚餐的餐具收拾乾淨後，加戀返回自己的房間，在書桌前坐下，然後拉開抽屜。

打算取出日記本的時候，她停下動作，將手伸向收在抽屜深處的黃色蝴蝶結。

那是一段辛酸、痛苦，讓人只想逃離的日子。

然而，也不全然只有壞事發生——

某天的體育課，加戀在更衣室第一次和亞里紗搭話。

兩人聊的想必只是一些瑣碎的事情吧。加戀無意間撿到亞里紗總是別在書包上的一個

小巧吊飾，所以想還給她。她想起自己當時努力鼓起的小小勇氣。

這麼做可能只會造成對方的困擾，或是令她反感。想到這裡，加戀就無法馬上找亞里紗攀談。不過，看到加戀撿到自己的吊飾，亞里紗並沒有表現出不快的態度，反而還很欣喜。

光是這樣，就讓加戀開心不已。

有朝一日，她能否將這件事告訴亞里紗呢——

至今，加戀一直以為自己不會再見到亞里紗，也不會再跟她有任何交集了。

然而，若是不鼓起勇氣踏出第一步，什麼都不會改變。

亞里紗或許不會原諒她。就算這樣，加戀還是想好好對她說出當年沒能坦率說出口的那句「對不起」。

就像亞里紗在教室大喊「再這樣下去不行啦！」那時一樣。

加戀想把自己現在的心情和想法傳達給她——

（這次，換我去見妳了……）

加戀將蝴蝶結緊握在手裡，然後閉上雙眼。

「加戀，我泡了紅茶，妳要喝嗎？」

一陣敲門聲後，母親的聲音傳來。

加戀對此回應：「嗯，我馬上出去。」將蝴蝶結重新收回抽屜裡。

那不再是一段自己不願回想、想要刪除的過往，而是能好好面對的——

假期結束後，加戀懷著比以往更緊張的心情前往學校。她許久不曾用蝴蝶結綁頭髮了。她今天綁在頭上的，不是國中時期使用的黃色蝴蝶結，而是趁假日新買的紅色蝴蝶結。她還把制服裙子的長度弄短了一些些。

她回想起亞里紗將一頭長直髮紮起的那一天。

（當下的亞里紗，是不是也跟我有著相同的心情呢……）

加戀有點害怕。不過，沒有踏出第一步的話，她就會一直停留在原地。

她走進校舍裡時，其他學生也陸陸續續抵達學校。在周遭熱絡的交談聲中，她微微抿唇，從鞋箱裡取出自己的室內鞋。

「早安。」

聽到這個跟自己打招呼的聲音，加戀的心臟重重跳了一下。她緩緩轉過頭。將雙手插在長褲口袋裡的隅田惠站在她面前。

加戀迎上他的視線，然後露出微笑。

「早安……」

輕聲這麼開口後，她看到惠露出吃驚的表情。

這讓加戀莫名有些害羞。她隨即移開視線，脫下鞋子換上室內鞋。

這時，相川早希和伊原理繪從她的身邊走過。兩人聊天說著：「然後啊～」看起來相當開心。

「早安……」

加戀連忙向她們打招呼，但還沒說完，早希便看似不悅地沉下臉「嘖」了一聲。兩人沒有搭理加戀，就這樣走遠了。

唱完ＫＴＶ後，她被那群男孩子糾纏追趕，途中遇到惠挺身幫忙，最後在渾身濕透的狀態下返家。在那之後，早希和理繪沒有再聯絡她。

她傳送給兩人的訊息，也一直都顯示未讀。

所以，加戀也有料到事情會變成如此——

她們倆踏著階梯往上的背影，與國中一年級的同學身影重疊。

那時，就算加戀主動搭話，也總是得不到任何回應。那些同學持續對她不理不睬，彷彿完全看不到她的存在似的。

她感覺臉上堆出來的笑容要消失了。

發現自己又不自覺地想要垂下頭，加戀硬是抬起頭望向前方。

（這不是早就心知肚明的事情嗎……………）

就算受傷、就算再次變成孤單一人，她也不打算變回過去那個自己。

她已經下定決心了。今後，她不會再扭曲自己真正的想法。

（不要緊。一定有人能夠理解我……）

Change4
～變化4～

深呼吸之後，加戀再次露出笑容往前走。

她已經習慣孤單一人，也習慣被討厭了。她早已明白這種心痛的感覺。這並不可怕。現在的她，不再是過去那個自己。

加戀走上樓梯並踏進教室裡。教室裡的同學們三五成群地開心談笑著。換作是平常，走進教室之後，加戀通常會在自己的座位上和早希、理繪閒話家常，等待班會時間到來。

但今天，看到加戀走進教室的瞬間，這兩人隨即帶著冰冷的表情從座位上起身，加入其他女孩子的小團體，還刻意發出聽起來很開心的笑聲。

「早安！」

稍微提高音量這麼開口後，加戀感覺自己的心跳聲也因為緊張而變得清晰。

同學們一瞬間停止交談，轉過頭來望向她。

「她幹嘛啊……」女生們的竊笑聲傳來。

「那個女的怎麼回事？」和「那個蝴蝶結是怎樣？」這些輕聲訕笑也傳入加戀耳裡。

她很清楚大家會做出這樣的反應。

感覺好像回到國中一年級那時一樣。

加戀反覆以「不要緊」說服不安的自己，然後朝座位走去。

她已經跟那時不同了——

（我得改變才行……）

在椅子上坐下後，她輕聲對自己說了一句：「加油吧。」

二

待上午的課程終於結束，迎來午休時間，加戀吐出一口氣。

她環顧教室內部。同學們紛紛拿起便當開始移動。

國一的時候，她總是孤零零地坐在自己的座位上吃營養午餐。對那時的加戀來說，這是理所當然的事情。周遭同學們有說有笑的交談聲，好幾次都差點讓她掉下眼淚。升上高中後，因為不是吃營養午餐，午休時間不一定要待在教室裡。所以，跟那陣子比起來，加

戀覺得現在還算好一點。

她再次吐出一口氣，然後從座位上起身。

拿起便當和水壺準備移動時，突然有人撞了一下加戀的肩膀，讓她一瞬間重心不穩。

她反射性地用手撐在附近的桌子上。轉頭一看，早希拋下一句：「理繪，我去福利社嘍。」一邊說邊要離開。

「等等，早希……」

加戀鼓起勇氣這麼呼喚後，早希朝她瞥了一眼。

那是一道尖銳帶刺的視線。她厭煩的眼神，讓加戀頓時說不出話。

隨後，早希別過臉去，和理繪一起走出教室。

加戀只能默默看著這兩人離開。

（這也是沒辦法的事呢……）

離開教室後，加戀穿越走廊，走向通往頂樓的階梯。在那裡吃便當，感覺比待在教室裡更能讓人放鬆。

經過廁所外頭時，裡頭傳來幾名女孩子的交談聲。她們並排在洗手台前方，或許是在

補妝吧。

「前陣子啊～早希好像跟隅田告白了～」

傳入耳中的這段對話，讓加戀忍不住停下腳步。

「咦～！好意外喔，我還以為早希會喜歡看起來比較愛玩的男孩子。隅田給人感覺個性很認真吧？」

「不過～隅田挺帥的啊～」

「他們該不會開始交往了？」

「應該是被拒絕了吧～？現在完全看不到那兩人待在一起了。」

「也是喔～」女孩們笑著做出結論。

「隅田挺帥氣的呢。我可以收下他嗎？」

加戀想起早希曾坐在她的桌上這麼問。

（早希……她告白了啊……）

在考試期間的某天，早希曾小跑步趕到惠身邊，跟他一起回家。是那天發生的事嗎？

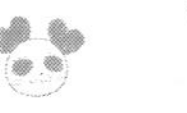

Change4
～變化4～

發現廁所裡的女孩們準備走出來後，加戀連忙退到一旁。

「隅田好像已經有喜歡的人了～我聽跟他告白過的女孩子這麼說。」

「咦～！是他班上的女生嗎？」

「應該是國中時期的朋友吧？」

「我懂～！初戀總是令人遲遲無法忘懷嘛～」

聽著逐漸走遠的女孩們的交談聲，加戀微微垂下眼簾。

之前，加戀果斷回絕了惠的告白，所以他現在恐怕已經死心了吧。

他早上會跟加戀打招呼，也只是因為兩人是同班同學罷了。說自己有喜歡的人，八成只是用來拒絕告白的藉口，又或者是惠已經有其他心儀的對象了。

（不可能是我……）

她以相當傷人的話語拒絕了惠的告白。對他的態度也一直很惡劣。

前幾天惠幫她解圍時，她也沒能好好向他說一句「謝謝」。

因為她不知道該怎麼表達自己的感謝，也沒有自信能確實說明當下的狀況。對惠來

說，那恐怕只是一段讓人不願回想的事吧。

把惠無端捲入爭執之中，讓他留下不開心的回憶。這樣一來，他不可能還喜歡自己。

還是不要有所期待——

（期待……？）

加戀緩緩抬起頭來。

難道她希望惠現在仍喜歡自己嗎？

「隅田～！」

突然傳來的男孩呼喚聲，讓加戀的心臟輕輕抽動一下。

她轉過頭，發現幾個男孩子朝在走廊上前進的惠跑了過去。大概是剛從福利社回來吧，他手上捧著裝在袋子裡的麵包。

一邊跟其他男孩交談，一邊準備走進教室裡的他，這時突然停下腳步。

或許是察覺到加戀的視線了吧，惠朝她所在的方向看過去。加戀連忙以不自然的動作別過臉，轉身快步離開現場。

她的心跳像是奔跑過後那麼劇烈。

Change4
～變化4～

她衝上通往頂樓的階梯，打開大門走到外頭。

陽光刺眼得令人睜不開眼睛。

看到頂樓空無一人，加戀鬆了一口氣地朝圍籬走去，揣著便當蹲了下來。

（我之前明明說了那麼傷人的話……還懷抱這種期待，未免太厚臉皮了。）

這麼想之後，不知為何，她覺得胸口一緊。

此刻，她還不想去了解這股苦澀感的來由。

被夕陽餘暉籠罩的校舍後方空地，傳來一陣口哨聲。或許是游泳社的成員正在泳池裡練習吧。

水聲和人聲跟著傳入耳中。沿著鐵絲網種植的樹木，葉片被夏日暖風吹撫得沙沙作響。加戀正獨自蹲在這樣的鐵絲網旁。

她將手臂穿過網子，然後「嗯～！」地使勁伸長，卻還是搆不著落在鐵絲網另一頭的紅色蝴蝶結。

因為過度使力，加戀的身子一瞬間失去平衡。她連忙伸出手緊緊揪住鐵絲網。或許是被搖晃的金屬網驚動了吧，夏蟬發出細細的鳴聲飛走。

加戀半放棄地抽回手，拍掉落在手掌和手臂上的落葉。

今天的體育課是游泳課。換穿泳裝時，她卸下頭上的蝴蝶結，放進更衣室衣櫃裡。但體育課結束後，返回更衣室的加戀卻發現蝴蝶結不翼而飛。

放學後，她把泳池周邊仔仔細細找過一遍，才終於發現蝴蝶結的蹤影。

這不是加戀自己搞丟的，有人刻意將它扔到鐵絲網的另一頭。

她抬起頭觀察眼前這片鐵絲網。看起來沒有高到爬不上去，而現在周遭也沒有其他人在看。

猶豫半晌後，加戀以雙手揪住網子，將自己的身子往上提。

她試著讓雙腳踩上鐵絲網，卻因為鞋底打滑而沒能成功。

（可能要助跑一下……）

加戀先從鐵絲網上頭爬下來，再從一段距離外衝過來，但還是沒能順利爬上去。她一屁股跌坐在地上，不禁喊了一聲：「好痛！」

一瞬間湧現放棄的念頭，但隨即又搖搖頭，揮別這種懦弱的想法。

Change4
～變化4～

她不甘心就這樣放棄。更何況，那個蝴蝶結對她來說相當寶貴。

「我絕對要撿到再回家！」

她喊出自己的決心，接著用手撐著地面起身。

正當加戀打算再挑戰一次時，傳來一道詫異的嗓音：「三浦同學？妳在做什麼？」

被這聲呼喚嚇一跳的她轉過身，看到身穿棒球社球衣的惠捧著手套朝這裡走來。他似乎剛離開社團教室。放學時，惠被班導找了過去，所以可能比較晚才去參加社團活動。

不知道該怎麼回答，加戀只能任憑視線在半空中游移。

「沒……沒什麼……」

走到加戀身旁後，惠先是望向鐵絲網的另一頭，接著又像是確認般望向她的頭髮。

「那是妳的嗎？」

沒等加戀回答，惠便把棒球手套塞給她，拋下一句：「等我一下。」

加戀吃驚地望向他。

朝地面一蹬後，惠揪住網子，輕而易舉地爬到最上方，然後在另一頭落地。

在加戀看傻眼的時候，他已經撿起蝴蝶結，輕快地從鐵絲網內側再爬回來。

「給妳。」

看到惠將蝴蝶結遞給自己，加戀伸出手。

「謝……謝謝你……」

她緊緊握著接過來的蝴蝶結，輕聲這麼道謝。

雖然覺得必須說些什麼才行，加戀卻無法好好開口。

在惠轉過頭來的同時，她移開視線，想起被自己下意識揣在懷裡的棒球手套，連忙將它還給惠：「這個……！」

察覺到自己心跳加速的反應，加戀不知所措地垂下頭。

下著雨的那天，惠趕到她的身旁。

要是他沒有現身，加戀恐怕會落得更糟糕的下場。

瞥見惠的身影時，鬆了一口氣的她幾乎要全身癱軟。

儘管如此，當下的加戀卻因為驚慌失措又害怕，拋下擔心地對自己伸出手的惠，像是逃跑似的離開現場。現在想想，這樣的態度真的是差勁透頂。

（必須向他道歉才行……）

不只是那天的事。還有惠向自己告白時，她以尖銳話語回絕的行為。惠明明都會和自己打招呼，她卻從來不曾好好回應一事。以及不屑地用「很噁耶」批評他一事——

（我真的老是對他說一些很過分的話呢……）

就算被惠討厭，也是無可奈何的事。他想必對她大失所望吧。

握著蝴蝶結的手微微使力後，加戀抬起頭來。

「那個……對不……！」

「抱歉。」

聽到惠早一步說出自己正要說的話，加戀忍不住吃驚地望向他。

惠緊抿雙唇，伸出手稍稍壓低棒球帽的帽簷。

他根本沒有做出任何需要向加戀道歉的事。該道歉的人反而是加戀才對。

望著加戀的他，眉心擠出幾道深深的皺紋。

「可能是我害的……」

惠這麼說著，帶著愧疚的表情垂下視線。

他或許是在說早希的事吧。加戀有聽說惠回絕了她的告白的傳聞。

在那個下雨天發生的事，說不定同樣是基於這個原因。

而早希跟理繪突然對自己不理不睬、蝴蝶結被人惡意扔掉的事也是——

惠再次對加戀道出：「抱歉。」

加戀放鬆緊繃的肩膀，朝他露出微笑。

「沒關係的……」

原因並非只有一個。就算惠沒有拒絕早希的告白，相同的結果總有一天仍會出現在眼前。

打從一開始，那兩人身邊想必就沒有自己的歸屬之處——

不過就是這樣罷了。加戀並沒有要埋怨早希的意思。

有錯的人不只早希，還有加戀本人。

真要說的話，加戀只是害怕自己被孤立，所以才利用她們倆而已。這種扭曲的友誼不可能長久。

「你沒有錯，隅田同學……錯的人是我。」

「妳怎麼會有錯呢……」

「就是有啊……真沒用……我不知道該怎麼交朋友呢。」

用傻笑敷衍帶過後，加戀以「對了」轉移話題。

「你之前……怎麼會趕過來幫我解圍？」

「咦……？」

「在腳踏車停車場旁邊那次……」

腳踏車停車場位於車站後方，平常鮮少有人經過，因此加戀很在意惠為什麼會出現在那裡。

他應該不是湊巧經過。是因為把腳踏車停在那裡嗎？

惠一瞬間沉默下來，接著別過臉去。

「我……看到妳拚命逃跑的樣子……」

「因為擔心這樣的我……才趕過來嗎？」

聽到加戀驚訝地這麼問，惠再次壓低帽簷遮住自己的表情回覆：「當然會擔心啦。」

「我差不多該去社團了……」

這麼說完，惠便奔向操場。注視著他的背影半晌後，加戀才猛然回神，連忙提高音量

喊了一聲：「謝謝你！」

惠聽到她這句話而轉過身來。

「對了，那個蝴蝶結……很適合妳喔！」

語畢，他有些靦腆地露齒燦笑，接著轉身以全力衝刺的速度跑遠。

加戀吃驚地瞪大雙眼，將視線移向自己緊握在手中的蝴蝶結。

她感覺到自己的臉頰開始發燙泛紅。

「第一次……有人這麼說我……」

念國中的時候，加戀也會在頭上綁蝴蝶結，但只是引來他人的指指點點和訕笑。

她將握著蝴蝶結那隻手的手背抵上自己的嘴巴。

因為太開心，她的嘴角不自覺地上揚。

至今，從未有人這麼稱讚她過——

彷彿連心跳聲都變得劇烈起來。加戀抬起頭，望向惠離去的方向。

那裡已經不見惠的身影。一陣風輕輕揚起加戀的髮絲和蝴蝶結的緞帶末端。

自己有多久不曾像這樣自然而然地展露笑容了呢？

感覺變得神清氣爽的她，抬頭仰望澄澈的天空。

她曾經犯下錯誤。也曾傷害他人，或是被他人傷害。

她並非沒有任何汙點的存在。不過，這樣的自己所選擇的前行之路，應該也不至於太糟糕。

她站在這裡是有意義的。她必定能夠和自己重要的人相遇。

所以，並不是太糟糕——

加戀以沾上些許髒汙的蝴蝶結重新綁好頭髮。

（我不討厭現在的自己呢。）

從學校返家的路上經過書店外頭時，加戀像是想起什麼，喃喃說了一句：「對了。」

然後上前推開書店大門。

她一如往常地來到文具用品區，發現架上多了一系列新推出的筆。

從其中抽出一支後，加戀回想起曾幾何時在試寫紙上跟某人的交流，臉上不禁浮現笑

意。

接觸到試寫紙的筆尖，在紙上留下耀眼的亮彩系線條。

「嗯，好可愛喔。」

加戀帶著微笑這麼自言自語。

──那天，經過這間書店外頭時，加戀看到一名身穿嶄新制服的男孩子，拎著全新乾淨的社團用包包站在文具用品區。

他想必跟自己同樣是國一新生吧。

男孩的頭髮修剪得很短，個子看起來比加戀再稍微矮一些。

他的臉上帶著像是打算惡作劇的開心笑容，在試寫紙上寫了些什麼。隨後，聽到朋友的呼喚聲，男孩隨即將筆放回架上，離開了文具用品區。

『CHICO with HoneyWarks 超讚～!!』

以藍筆匆匆寫下的這行文字，遺留在試寫紙的一角，其中還有兩處的英文拼錯了。不過，男孩按捺不住的亢奮心情，自己似乎多少能體會。加戀輕笑一聲，抽出架上的紅筆。

那時的她對人生充滿期待，有很多想做的事和喜歡的事，也為即將展開的新生活感到無比興奮。

不需要在意他人的眼光。也不用害怕被別人討厭。

抬頭挺胸，大方地主張自己喜歡的事物就好。

不管會被誰嘲笑，這就是「我」。

現在的加戀還不太習慣這麼做。

不過，感覺一定會很開心——

加戀又抽出其他不同顏色的筆，然後走向收銀台。

結完帳，她步出書店。外頭的天空雖然很晴朗，卻飄著零星的雨點。

Change4
～變化4～

發現天邊浮現彩虹的路人們紛紛停下腳步。有些人還掏出手機拍照。
瞇起雙眼眺望彩虹片刻後，加戀取出新買的折傘打開。
她有些亢奮地將手中的傘轉了一圈，然後朝車站前進。
身穿其他學校制服的男孩和女孩，共撐一把透明塑膠傘，開心地走在一起。
即使會迷惘、會受傷，人們仍會渴求他人並墜入情網。
這絕非壞事，不能恐懼變化。

學著體會痛楚吧。
不需要書籤。
前往下一頁吧——

Change5 ～變化5～

鷹野千紗

1月6日生
摩羯座
喜歡畫畫。
無法融入班級，
有些特立獨行。

Change 5 ～變化5～

一

短暫的春假結束後，令人厭煩的無趣日子又要開始了。

升上高二後，班上的面孔多少有點變化，但這仍跟自己無關——坐在課桌前的鷹野千紗興趣缺缺地這麼想。

班會結束後，同學們魚貫離開教室。今天的課程已經結束，千紗大可直接回家，但她想把打發時間的畫作完成再走。因為一直無法畫出自己想要的成果，千紗嘆了一口氣，用橡皮擦抹去線條。

她畫的是在自己喜愛的小說中登場的兩個男孩子。從一旁經過的男同學朝千紗的畫作瞄了一眼後，咕噥了一句：「好宅……」

隨後，發現千紗不悅地瞪著自己，男同學嚇了一跳，連忙匆匆逃離現場。

（吵死了……有什麼關係啊……宅又怎樣……）

為什麼非得對別人的所作所為表達意見才甘心呢？

千紗並沒有給別人添麻煩。要是覺得她的畫作令人不悅，不要看就行了。

要是有閒工夫對他人指指點點，把這些時間跟精力拿來多背一個英文單字，感覺更有意義。

千紗揮去腦中無謂的煩躁感，再次開始描繪剛才擦掉的臉部輪廓。愛說廢話的無聊人士到處都有。要是一一去在意，只會沒完沒了。

她早就學會如何應付了。面對這些沒常識又粗神經、總是大剌剌一腳踏進他人領域的人，千紗基本上選擇無視，頂多在忍無可忍的時候，把他們轟出自己的地盤。

即使理性能這麼清楚劃分，仍無法完全摒除內心不悅，她不禁皺起眉頭。因為遲遲沒有進展，她停下描繪頭髮的手。她無法再次集中精神作畫了。

這時，教室後方傳來一句語氣有些顧慮的聲音：「那個……妳們現在方便嗎？」

開口的人，是頭上綁著紅色蝴蝶結的一名女同學。千紗不記得她的名字，也壓根沒打算記住。反正只是個自己不會主動攀談的對象。朝她瞄了一眼後，千紗再次將視線移回筆

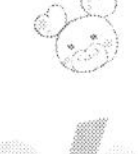

記本上。

其他學生幾乎都已經離開了。現在，教室裡只剩下千紗、紅色蝴蝶結的女生，以及另外兩名正在閒聊的女同學。

「老師交代我回收今天要交的講義，所以……」

儘管蝴蝶結女孩這麼上前搭話，另外兩名女孩子卻無視她，逕自從座位上起身。

「理繪～我今天想去買東西，陪我一下吧。」

「好啊～這麼說來，好像出了新的ＣＤ喔～」

兩名女孩開心交談著，然後快步走出教室。

被留下來的蝴蝶結女孩在原地默默垂下頭。

尷尬氣氛籠罩了安靜的教室。

千紗對其他人沒有興趣。他們怎麼樣都無所謂。然而，只要還待在這間狹小的教室裡，無論多麼不情願，她仍會目睹其他人的日常生活。

（那個女生……我記得她在體育祭時，也是自己一個人待著？）

高一的時候，千紗跟這名女孩不同班，所以跟她不熟。但印象中，她在體育祭時看過對方一個人坐在校舍後方的空地吃便當。因為她頭上那個紅色蝴蝶結令人印象深刻——

下午參加接力賽時，她還因為不小心弄掉接力棒而被旁人取笑。但那其實得歸咎於班上女同學在交棒時，不等她確實握住棒子，就刻意鬆開自己的手。

像這樣遭到排擠的存在，每班或許都會有一兩個。並不是什麼罕見的事。

（但我也差不多就是了……）

自小學時期以來，就沒有半個人會主動跟千紗攀談。就算有人找她說話，千紗也只會無視對方，或是將他趕跑，因此漸漸地再也沒有同學願意靠近她。不過，千紗覺得這樣無所謂，也不會特別感到困擾。整天跟誰黏在一起行動，反而讓她覺得不舒服。

就算聚在一起，也只會透過說別人壞話的方式，來滿足自己小小的自尊心；或是打造出一個名為「我們是好朋友」的籠子，把自己關在裡頭，然後因此感到放心。光是想像這些，就讓千紗作嘔。

其實，還在念小學時，她某天曾因為身體不適而直奔廁所。之後，有幾個同學拿這件事替她取了令人反感的綽號，並用它來調侃千紗。

那些傢伙完全不肯閉嘴，所以千紗乾脆直接讓對方吃抹布或自己的拳頭。之後，遭到反擊的同學變得很害怕千紗，也不再當面取笑她了。

這件事發生後，沒人願意再主動靠近千紗，但她反而覺得更輕鬆自在。這樣一來，她

可以埋頭做自己想做的事，不用陪別人玩所謂的「朋友家家酒」。

所以，千紗從來沒交過朋友，也不明白那究竟是什麼樣的存在。

學校並沒有告訴他們「朋友」的定義為何。人類實在是一種很麻煩的生物。

不要跟他人扯上關係，或許才是正確答案。

畢竟不知道他們會在背地裡說自己什麼——

千紗以手托腮，望向窗戶外頭。

沒有必要在意——

蝴蝶結女孩仍垂著頭，一動也不動地佇立在課桌旁邊。是因為被剛才那兩人當成空氣，所以很沮喪嗎？既然這樣，一開始就不要跟她們搭話啊。

雖說是老師交代她收講義，但有錯的是不乖乖按時提交的人。如果之後被老師找去訓話，也只是她們自作自受。

那些人不交的話，別管就行了。換做是千紗，她一定會這麼做。

就算對方之後找自己抱怨，只要反駁：「我提醒妳交講義的時候，是妳自己不交，所以不對的人是妳。」好心主動提醒，卻被對方無視，然後因此沮喪難過，根本像個傻子。

Change5
~變化5~

那女孩是爛好人的個性嗎？她確實散發出這樣的氣質。千紗總覺得自己似乎能體會剛才那兩人的感受。蝴蝶結女孩或許是個看起來很善良，卻會莫名讓人感到煩躁的人吧。

（我也不擅長應付這種人呢……真要說起來，她幹嘛綁那種蝴蝶結……？）

她說不定是把自己當成少女漫畫裡頭那種「悲劇女主角」了吧。

（唉……雖然她是長得挺可愛的啦……）

蝴蝶結女孩的五官有如洋娃娃那般精緻，微捲的髮絲柔順飄逸。或許是因為這樣，反而讓她更令人反感吧。來自嫉妒的那種反感。

對方擁有自己所沒有的東西。即使再怎麼渴望、再怎麼努力，也得不到的東西。讓人羨慕得不得了。

所以會想用「醜陋」來嘲笑她。不管多麼嫉妒、不管惡整對方多少次，自己都不可能成為那個人，或是變得更美好，人們卻還是——

（不過……我也一樣吧……）

千紗其實也無法斷言，自己看對方不順眼的原因之中，並未摻雜一絲嫉妒的情緒。

蝴蝶結女孩身上的迷人特質，她一個都沒有。

千紗不曾留過適合綁蝴蝶結的髮型，也跟可愛、漂亮這類詞彙無緣。她從來沒被人這

麼說過。

（雖然我也不想聽到這種稱讚……）

「…………好厲害喔。」

聽到身旁傳來說話聲，千紗反射性地轉頭。同時，為了隱藏自己的畫作，她迅速將筆記本闔上，攬進懷裡。因為動作太大，手肘還不小心將鉛筆盒撞落地板。

站在一旁的女孩發出一聲：「啊！」蹲下來撿拾散落一地的筆。

「什……什麼？」

千紗沒發現蝴蝶結女孩已經走到自己身旁，也壓根沒想到她會跟自己搭話。為此，她慌張到嗓音變得有點尖，表情也略為僵硬。

撿起掉到地上的鉛筆和鉛筆盒後，「這個……」蝴蝶結女孩將它們遞給千紗。後者伸出手一把搶回這些東西。

「啊…………對不起…………」

蝴蝶結女孩輕聲道歉，接著看似沮喪地垂下眼簾。

此刻，她露出了跟方才被另兩名女孩子無視時相同的表情。這讓千紗覺得彷彿是自己

對她做了很過分的事，也因此有些煩躁。

（又露出這種「悲劇女主角」的表情了……）

她內心是不是想著「我好可憐喔」這樣？蝴蝶結女孩恐怕不明白，就是這種明顯的態度，讓她變得很惹人嫌吧。倘若真是如此，或許還是跟她說清楚比較好，但這樣感覺是在多管閒事。若是身邊出現麻煩的人，避免跟對方扯上關係，是最明智的作法。

千紗取下掛在課桌旁的書包，將筆記本和鉛筆盒塞進去。

她握著書包提把起身，推開蝴蝶結女孩離去。

「等一下，鷹野同學！」

聽到蝴蝶結女孩的呼喚聲，千紗不自覺停下腳步。明明才剛被分到同一班，對方竟然已經記住她的名字，這讓她有些吃驚。

千紗不曾試著去記住其他同學的名字。反正過了一年又會重新分班，這麼做也只是白費力氣。

一旦畢業了，就不會再見到面。大家只是暫時被安排待在同一間教室裡罷了。在這樣的關係裡，她不會主動呼喚其他同學的名字，所以就算不知道對方叫什麼，也不是太大的

問題。

千紗轉頭，發現自己的上衣被蝴蝶結女孩揪住了。

下一刻，對方像是猛然回神那樣鬆開自己的手，將它藏在身後。

看起來水潤飽滿，大概是塗了一層唇蜜的唇瓣，輕輕吐露出「抱歉」兩個字。

（這個女孩子……叫什麼名字……）

就算努力回想，千紗也得不出答案，畢竟她一開始就沒打算記住任何人的名字。

稍微冷靜下來後，她以低沉的嗓音詢問：「…………幹嘛？」

「那個，妳也……還沒有交講義……」

聽到她這麼提醒，千紗才想起那張被自己塞在書包裡的講義。

我有什麼資格說別人呢──她不禁無言地以手扶額。

蝴蝶結女孩看著地面等待千紗的回應。感覺個性很認真的她，說不定是覺得自己必須把講義收齊、拿到教職員辦公室，然後才能回家。

就算是老師的交代，草草了事不就好了嗎──

千紗嘆了一口氣，從書包裡掏出講義，淡淡說了一句：「拿去。」並且遞給對方。接過講義的蝴蝶結女孩露出鬆了一口氣的表情。

Change5

～變化5～

「謝謝妳。」

她的臉上浮現毫無防備、不帶一絲警戒的柔和笑容。

（為什麼要笑啊……）

根本莫名其妙。判斷自己果然不擅長應付她之後，千紗皺起眉頭。

她有種看到真實身分不明的奇妙生物的感覺。

此刻，蝴蝶結女孩不是在生日慶祝會上收到禮物，只是拿到千紗要提交的講義罷了。就算順利收到全班同學的講義，再交給老師，後者也不會給她較好的評價。遇到這種苦差事，只會讓人覺得麻煩而已，不可能因此露出開心的表情。

「……可以了嗎？」

聽到千紗難掩煩躁的語氣，蝴蝶結女孩回應：「啊，嗯……」她的嗓音聽起來再次變得失落。

千紗沒有話想跟她說。也沒有跟她說話的必要或理由。

對方不過是眾多同學之中的一員。儘管如此——

「那個……鷹野同學！」

打算走出教室時，千紗再次被蝴蝶結女孩開口喚住。她沒有出聲回應，只是帶著滿心

不耐轉過頭來。

明明是第二次把自己叫住，對方卻不知道在躊躇什麼，遲遲沒有開口說有什麼事。千紗只好板著臉主動詢問：「幹嘛？」

雖然也可以不加理會，但這樣一來，對方八成又會擺出那種「悲劇女主角」的表情。這會讓千紗有種自己在欺負弱者的錯覺。

她杵在千紗的課桌旁，看起來一臉猶豫不決的樣子。

「妳現在是打算跟我告白嗎？」

看到對方一直沒說話，千紗不禁以挖苦的語氣問道。

最後，蝴蝶結女孩抬起頭，像是下定決心般開口：

「妳剛才畫的……是小說裡頭的角色吧？」

千紗吃驚地望向她。她怎麼會知道——

聽到對方出人意表的這個提問，千紗一時之間沒能做出回應。

她愣愣地盯著蝴蝶結女孩看了幾秒鐘。

「……妳看過那部小說？」

好不容易擠出來的嗓音，帶著不自然的高亢。這突顯出千紗此刻手足無措的反應。

Change5
～變化5～

為此難為情到極點的她，一張臉也變得通紅。

因為她說話音量太小，蝴蝶結女孩反問：「咦？」

「我是問……妳看過那部小說了嗎？」

「我是在書店裡看到海報……想說這部作品是不是很受歡迎。」

蝴蝶結女孩有些愧疚地回答。

（什麼啊…………）

千紗將手按上胸口，放心地吐出一口氣。

照理說，就算對方看過那部小說、知道內容在講什麼，她也沒必要這麼驚慌失措。

「既然沒看過，就別找我討論啦。」

千紗惡狠狠地瞪了蝴蝶結女孩一眼，接著像是再也不願意和她交談般快步離去。

她是想找話題跟自己聊天嗎？竟然這麼輕易踏進別人細心呵護的領域裡。

（那傢伙真讓人不爽……）

被獨自留在教室裡的她，恐怕又帶著「悲劇女主角」的表情垂下頭了吧。

感覺自己彷彿被逼著扮黑臉，千紗沉著一張臉在走廊上前進。

下次對方再過來搭話時，絕對不要理睬——她這麼下定決心。

二

蝴蝶結女孩的名字叫做「三浦加戀」。測量體力的時候，她負責擔任班上的測量員，於是千紗才得知她的本名。這個女孩連名字都很像少女漫畫的主角。

同班經過一個月的時間後，有些事情就算不想知道，也會自然傳入耳中。

雖然不清楚加戀高一時做了什麼，但她似乎遭到排擠。班上的女同學完全把她當空氣，只有在打算把麻煩事推給她的時候，才會主動跟她搭話。

她總是一個人吃便當，要換教室的時候，也是獨自行動。

千紗時常聽到女同學們對她的閒言閒語。多半都是說加戀會刻意討好男孩子，或是說她跟異性「玩很大」之類的。

盡是一些令人想咒罵「無聊透頂」的八卦。千紗不清楚加戀會不會去討好男孩子，但她跟異性亂來這種事，怎麼想都不可能。她的個性可是認真到讓人傻眼的程度呢。

其他人硬是塞過來的責任，其實根本用不著理會，但她就是會老實地扛下來。

因為這樣，聽到別人在背地裡批評加戀：「她只是想裝善良。」即使跟自己無關，千紗仍不禁有種無力感。

她為什麼不明確地拒絕呢？加戀自己應該也明白，就算為別人做牛做馬，也不可能有人感謝她。不會有理解她的人出現，她的朋友也不會因此變多。

大家都很自私，只想為了自己的方便而利用別人。

能夠真心彼此信賴的摯友？一輩子的好朋友？

無聊。千紗只想吐槽「哪個世界會有這樣的存在啊」。

人類永遠是孤獨一人。認為彼此可以互相理解的想法，不過是一種錯覺。

期待也是白費力氣。既然都會失望，一開始不要懷抱期望就好了。

然而，加戀似乎不這麼想。儘管知道沒人會理睬自己，每天來上學時，她仍會向每個人道早安。

不過，只有男同學會喜孜孜地回應她。會被說成「老愛刻意討好男孩子」，或許就是基於這個原因吧。

加戀來到座位上準備坐下時，千紗發現她望向自己所在的方向。

Change5
～變化5～

兩人視線相交後，加戀向千紗打招呼：「早安……」勉強擠出來的笑容，因為緊張而顯得有些不自然。

千紗以拒人於千里之外的眼神朝她瞥了一眼，接著便望向窗外。如果態度這麼明顯，一般情況下，對方應該不會再找她搭話了。

儘管加戀杵在原地一臉欲言又止，千紗仍選擇繼續無視她。最後，或許是放棄了吧，加戀默默在自己的座位上坐下。

（……如果有什麼話想說，直接說出來不就好了。）

「她是不是換唇蜜了啊……那應該是最近找聖奈當廣告代言人的新商品吧？」

「咦～我才剛買耶。真不想跟她用一樣的東西～」

在附近這麼閒聊的，是先前加戀為了收講義而上前攀談，對方卻無視她並逕自離開的那兩名女同學。名字好像分別是相川早希跟伊原理繪。

明知道加戀也聽得到這段對話，這兩人仍笑得很開心，彷彿覺得這樣的狀況很有趣。這讓千紗覺得很不舒服。她猛地從座位上起身，刻意讓椅子發出聲響。

兩人被椅子的聲響嚇了一跳，頓時閉上嘴，對千紗投以像是在說「幹嘛啊？」的警戒

視線。

我的耳朵都要爛掉了——

在心中這麼咒罵後，千紗板著臉從座位上離開。

這個教室宛如一個水質混濁的魚缸。儘管班會即將開始，但她無法在這個空間繼續待下去。

進入六月後，教室裡的氣氛依舊沒有改變。

放學後，仍留在教室裡的千紗，將視線移往濕漉漉的玻璃窗上。

雨從今天早上一直下到現在。或許是邁入梅雨季了吧，教室裡充斥著一股潮濕沉重的空氣。

（有夠鬱悶……）

雖然有帶傘，但她實在不想頂著傾盆大雨返家。從教室裡還有不少同學尚未離開的情況看來，這麼想的人大概不只千紗。她漫不經心地聽著這些人的對話，一邊繼續描繪未完

成的畫作。

「三浦好像從國中開始，就跟男孩子玩得很凶喔。我有聽跟她念同一間國中的女生這麼說過。」

「她是被男生的阿諛奉承沖昏頭了吧？」

「早希、理繪。高一的時候，妳們不是還跟她走在一起嗎？」

「是她硬要跟著我們吧～早希？」

「只是稍微聊過幾句，她就覺得自己跟我們是朋友了呢。真想叫她不要這樣。老是在傻笑，聊天的內容又很無聊……」

聚集在教室後方的，是早希、理繪和班上的幾個女孩子。

「我還希望她早上不要跟我打招呼呢。她會跟每個人打招呼吧？」

「根本沒有人理她，她怎麼都不會變得安分一點啊？」

「啊哈哈哈！就是說啊～！未免也太遲鈍了吧？」

刺耳高亢的笑聲，讓千紗下筆的力道不自覺變強，自動筆的筆芯因此折斷。

既然沒事，為什麼不趕快回家啊。

如果只是想聚在一起說別人壞話，真希望她們能換個地方。然而，這群人完全沒有厭

倦這個話題，仍繼續說個不停。

「要跟這種人同班兩年，簡直糟糕透頂……」

早希以帶著滿滿厭惡感的語氣不屑地說道。

「吵死了……」

千紗忍不住煩躁地這麼開口。這句話的音量比她所想的還要大，所以也傳入教室後方那些女孩子耳中。她們一瞬間停止交談，教室也因此被沉默籠罩。

「…………妳剛剛說了什麼嗎，鷹野同學？」

早希打破沉默問道。

千紗從座位上起身，筆直望向教室後方那群女孩子，然後朝她們走去。

「我說妳們吵死了。」

聽到千紗以清晰的嗓音一個字一個字這麼回答，早希的表情變得僵硬。

面對早希的怒目相視，千紗以冰冷的眼神回應她。

「要聊什麼是我們的自由吧？又不關妳的事。可以不要插嘴嗎？」

「妳還聽不懂嗎？我是在叫妳們閉嘴。要這樣製造噪音的話，麻煩到別的地方去。還是說，妳這張嘴就只懂得說別人的壞話？」

Change5
～變化5～

千紗以平靜的語氣這麼回嗆，然後一步步朝這些人走近。

「妳這麼說也太過分了吧！」

站在早希身旁的一名女同學開口發難。

「在背地裡把別人說得一文不值，輪到自己被批評的時候，卻反過來嫌批評者說得太過分？根本是雙重標準嘛……妳不覺得嗎？」

看到千紗冷笑著這麼說，出聲反擊的女同學一臉慘白地閉上嘴。

「這明明跟妳沒關係，妳是在不爽什麼？難不成妳同情三浦？我最受不了妳這種自以為正義……！」

不等早希把話說完，千紗便粗暴地一把揪住她的衣領。

早希嚇得尖叫起來，其他女孩子則是驚慌失措地退到一旁。

千紗將早希推向牆壁，然後朝她驚恐臉蛋旁的牆面重重落下一拳。

「砰！」沉重聲響迴盪在教室裡。

以為會挨揍的早希，以顫抖的手掩住自己的臉。

其他的女孩子宛如石化般沉默下來。

早希移動視線，怯怯地望向貼近自己冷笑的千紗。

「真是醜陋……」

千紗收起笑容，在早希的耳畔這麼輕喃。

接著又用手掩住早希看似想說些什麼的嘴。

「用鄙視他人的方式來滿足自己的自尊心，因此沉浸在優越感當中。滿腦子只想著要傷害、汙衊別人。把他人也拖進泥沼裡的話，就會因為自己不孤單而感到心滿意足。簡直卑劣、醜陋到讓人不忍直視……」

千紗對按住早希的那隻手使力。因為呼吸困難而表情扭曲的後者，拚命發出痛苦的呻吟聲。恐懼讓她的臉完全沒了血色。

表情冰冷無比的千紗，嘴角微微彎成自嘲的弧度。

「放心吧……『我也是同類呢』。」

早希揪住千紗的手，一雙眼睛泛著淚光。

旁邊的女孩全都不敢吭聲。她們看起來並不打算救早希。

沒有一個在場者願意代替她陷入這種情況。這些人就是這樣的關係——

Change5
～變化5～

（所謂的「朋友家家酒」，不過只有這種程度啊……）

真是無趣——千紗嘆了一口氣。就在這時候——

「鷹野同學！」

聽到教室大門處傳來呼喚聲，千紗、早希和其他女孩紛紛轉過頭。

出現在門口的人是加戀。

「已經……已經夠了……」

她環顧教室裡的所有人，接著以宛如蚊子叫的細微嗓音這麼說。

感到幾分掃興，千紗緩緩將自己摀著早希嘴巴的手抽開。

痛苦地用力吸了幾口氣之後，早希全身無力地癱坐在地。

終於重獲自由的她，或許是羞恥感和憤怒一口氣湧現，一張臉瞬間漲紅。

她恨恨地瞪著千紗，卻又沒有膽子開口說些什麼，只能不甘地咬住下唇。

之後，她應該不敢在千紗面前說誰的壞話了。

（這樣情況多少會好一點吧……）

千紗轉身返回自己的座位，將筆記本和鉛筆盒塞進書包裡，然後朝教室大門走去。

教室裡沒有半個人敢說話，只是靜靜看著千紗的一舉一動。

她繞過杵在門口的加戀走出教室。

「等等，鷹野同學！」

原本打算無視她離開的——

發現加戀追上來，還扯住自己的衣袖，千紗一臉厭煩地揮開她的手。

「……幹嘛？」

「剛才……謝謝妳替我說話……」

聽到加戀這麼說，千紗有些鄙視地「哈！」了一聲。

她到底是爛好人到什麼程度？

「我幹嘛要替妳說話啊……不管誰把妳說成怎樣，都跟我沒有關係，而我也不感興趣。只是因為那些傢伙太吵，我才出手讓她們閉嘴。更何況……」

加戀被千紗用力按住肩頭，踉蹌得後退了幾步。

面對千紗突如其來的舉動，她吃驚地瞪大雙眼。

「我最討厭的，就是像妳這種試圖討好每個人的傢伙。如果聽明白了，就別再跟我說

話。」

聽到千紗毫不掩飾內心厭惡感的這句話，加戀像是放棄似的闔上唇瓣。

就算被加戀討厭，千紗也不痛不癢。打從一開始，她就沒打算討誰喜歡。她緊緊皺起眉頭，轉身快步離去。

她想擺脫這股煩躁感。就只是這樣罷了——

她並非為了誰才這麼做。要是被誤會，反而讓她更困擾。

三

某個假日下午，千紗獨自來到書店。她挑了幾本想知道後續發展的漫畫，然後走到陳列小說的書櫃旁。

（對喔，最新一集好像出了……）

之前她一直忙著念書準備考試，所以好一陣子沒來逛書店，就忘了有這回事。

印象中，應該有出附特典的小說才對。不知道現在還買不買得到——千紗這麼想著，在書櫃上四處尋找，結果剛好發現了最後一本。

她正要伸出手拿那本小說時，有隻手在同一時間從另一頭伸了過來。

千紗抬起頭，對方也跟著望向她。發現眼前的人是加戀後，千紗的表情一瞬間僵住。

加戀反射性地往後退，臉上的表情看起來同樣很吃驚。

或許是回想起千紗叫她不准跟自己搭話一事吧，加戀一度微微張開嘴又隨即閉上。

「妳……為什麼會在這裡啊……！」

「我……來買書……」

加戀怯怯地輕聲回答。這是很正常的。畢竟這裡是書店。

她究竟打算買什麼書啊——千紗納悶地想著，望向加戀揣在懷裡的小說，然後再次大吃一驚。

因為那是千紗自己也相當喜愛的作品。她買了整套，連特典都全數湊齊了。

她之前畫在筆記本上的那兩個男孩子，就是這部小說裡頭的登場人物。

沉默了幾秒後，千紗詫異地望向加戀。

「妳該不會……看了這部小說？」

Change5
～變化5～

聽到她這麼問，原本低垂著頭的加戀猛地抬起頭，喜孜孜地回應：「嗯！」

「妳……為什麼要看啊！」

「因為……妳之前……」

加戀支支吾吾地這麼說，然後將小說揣在懷裡，再次默默垂下頭。

「既然沒看過，就別找我討論啦。」

想起自己以前曾對加戀說過這句話之後，千紗不禁語塞。

加戀投來的視線彷彿在窺探她的臉色，表情看起來像個遭到斥責的孩子。

「因為這樣………妳就特地買這部小說來看？」

聽到千紗這麼問，加戀再次點點頭。

她是認為，只要自己也讀過這部作品，就能跟千紗搭話了嗎？

感覺腦袋似乎開始發燙，千紗忍不住以手扶額，然後「唉……」地深深嘆了一口氣。

（為什麼會有這種事啊…………）

一般情況下，聽到她那句發言的人，應該馬上能理解千紗想保持距離的意圖才對。

加戀八成是個粗神經的人吧。或許是遲鈍，也或許只是天然呆。

「不過，不只是這樣而已……因為我也有點在意這部小說……」

「……………」

「我很常來這間書店買筆之類的文具……看到海報時，我想起這部作品……所以就想找找它的小說。因為不知道放在哪裡，最後還去問了店員……」

「妳還去問店員？」

「嗯……這樣做……不太好嗎？」

加戀有些不知所措地問道。

「當…………！」

千紗將差點說出口的話吞回肚裡，望向小說的封面。

當然沒什麼不好。這不是限制級的作品。不過，因為封面有時會採用容易引人側目的插圖，第一次買的時候多少需要一點勇氣。就只是這樣罷了。

這部小說最近會改編成舞台劇，因此書店裡也張貼了相關海報。主角由超人氣雙人歌舞團體的宗田深冬和井吹一馬兩人擔綱，也成了大眾討論的熱門話題。

所以，加戀會對這部作品產生興趣，也沒什麼好奇怪的。

「那位店員很親切地替我介紹，還說同一位作者的其他作品也很有趣，然後推薦了幾

本小說給我，我就買回家看……」

加戀的嗓音聽起來很開心。

「……所以？」

加戀似乎不明白千紗是在催促她繼續往下說，一臉不解地重複「所以？」兩個字。

「……妳覺得怎麼樣……？」

「非常好看呢。我隔天又跑來書店買了後面的集數，然後一口氣看完……蒼見跟月彌都很帥氣呢。我好喜歡月彌在頂樓落淚那一幕喔。蒼見安慰他的那段劇情，我看了好感動。」

雙頰泛紅的加戀笑著這麼說。千紗差點要以「妳很懂嘛」開口表示贊同，在千鈞一髮之際踩下煞車。

（我幹嘛站在這種地方跟她討論啊……！）

至今，千紗都不曾跟別人提及自己喜歡的作品。因為她沒有相同喜好的友人，也不太會去跟同一部作品的其他粉絲交流。

就算同樣喜歡某部作品，同好社團之類的人際關係依舊很麻煩。她不想被捲入不必要的問題之中。

典版。

「因為最新的一集出了，我想說或許會有附特典的小說……」

加戀朝書櫃上的最後一本小說瞄了一眼。那是附上一個裝著壓克力鑰匙圈的紙盒的特典版。

「我再去其他書店找找。而且我原本就打算繞去購物中心……」

加戀堆出笑容這麼說。看樣子，她打算把這本特典版讓給千紗吧。

千紗眉心擠出深深皺紋，伸出手拿下那本特典版小說，硬是將它塞到加戀手中。

「咦！」加戀困惑地望向小說又望向千紗。

「想要的話就買啊……有什麼好顧慮的。」

「可是……妳不是也想要……」

「妳到底想買還是不想買！」

聽到千紗以強硬的語氣逼問，加戀坦率地回答：「我……我想買。」

「一開始老實說不就好了。妳這種態度只會讓人覺得煩躁而已。」

朝加戀瞥了一眼後，千紗捧著手中的漫畫走向收銀台。

看來只能去其他地方找有特典的小說了。多跑幾間書店的話，應該至少能挖到一本。

（果然應該預訂才對……）

她平常都會事先預訂，唯獨這次想著「總會買到的吧」而放著這件事不管。

儘管有幾分捨不得，但自己已經把小說硬塞給加戀，所以也無可奈何。

（每次跟她扯上關係，都不會有好事……）

結完帳，千紗步出書店，在前往車站的路上前進。隨後，加戀也匆匆從書店走出來。

「等等，鷹野同學！」

聽到她追過來的呼喚聲，千紗內心想著「怎麼又來了」並垮下臉。

千紗裝作沒聽到而快步往前時，追上來的加戀伸手揪住她的袖子。

或許是因為卯足全力跑過來吧，加戀痛苦地喘著氣，上半身也微微往前傾。

「……妳到底要幹嘛？找我還有什麼事？」

聽到千紗以尖銳的語氣這麼問，加戀按著胸口抬起頭來。瀏海貼在她被汗水濡濕的額頭上，用來綁頭髮的可愛蝴蝶結看起來也快要鬆開。

「那個……鷹野同學，妳等一下有空嗎？」

加戀一邊調整呼吸，一邊仰望眼前的千紗。

因為不明白她這麼問的用意，「啥？」千紗一臉詫異的表情。

「今天好像有老師的簽書會。我在想，那裡或許會有附特典的小說。」

她將手中的傳單亮給千紗看。

後者瞬間瞪大雙眼，激動地用雙手揪住傳單。

（簽書會？我怎麼都不知道……）

她已經好一陣子沒有逛書店，也沒有心情關注相關資訊。

簽書會舉辦的日期就是今天。傳單上寫著活動時間從下午三點開始。

千紗取出手機確認時間，發現現在是下午兩點半。簽書會的場地在離這裡不遠的某間書店。剛才那間書店也是同一個體系的店鋪，所以才會放置活動傳單吧。她怎麼連這點都沒察覺到呢？

「真虧妳能發現這個傳單耶……」

「剛才幫我結帳的，剛好是之前那位親切的店員姊姊，我就問她店裡還有沒有附特典的小說。她表示店裡已經沒有庫存了，然後拿這張傳單給我，說現場或許買得到……」

沒想到會讓加戀提供這樣的資訊給自己。

看到千紗露出為難的表情，加戀像是在窺探她的臉色，怯怯地詢問：「我是不是……太多管閒事了？」

（唉……真受不了…………！）

「好啦，快走吧！」

千紗焦急地一把揪住加戀的手。

「咦！可是……！」

「妳不是也喜歡這部作品嗎！」

聽到千紗這麼說，加戀先是一臉驚訝，然後以「嗯！」點頭回應。

「我很喜歡……很喜歡呢！」

「那就動作快——！」

千紗拉著加戀的手，跟她一起在路上狂奔。儘管腳步有點踉蹌，但後者仍將剛買到的小說緊緊揣在懷裡。

抵達舉辦簽書會的書店時，走道上已經出現排隊的人潮。

加戀以手按著胸口，一臉痛苦地反覆大口吸氣。她大概很不擅長跑步吧。體育課的馬拉松賽跑，她也總是跑在後頭。千紗卻因為一時心急，拉著她的手就這樣拔腿衝刺。

「妳還好嗎……？」

千紗有些擔心地這麼詢問後，加戀露出笑容朝她點點頭。或許是因為體溫升高，她的臉蛋變得紅撲撲的。

好不容易擠進周邊販售區的千紗，發現幾乎所有的商品都已經售罄，只剩下零星幾本附特典的小說。買了小說、請作者簽名之後，她走出會場，發現加戀在外頭等著。

能順利向作者表達：「我是您的粉絲！我非常喜歡這部作品。」甚至還跟她握手，千紗開心得雙頰泛紅。在她整個人輕飄飄地沉浸在這份感動之中時，加戀來到她的身邊。

「妳有拿去請老師簽名嗎？」

聽到她的提問，千紗點點頭。不只買到附特典的小說，還讓老師在上頭簽名。有比這更幸運的事情嗎？

（太好了…………！）

發現自己不自覺露出傻笑，千紗猛然回神，然後望向加戀。

「…………妳買了什麼？」

「我買了圓形胸章……還有筆。」

Change5
～變化5～

加戀從袋子裡取出剛買的藍筆和紅筆給千紗看，接著微笑對她說：「太好了呢。」

剛才一反平日形象而樂昏頭的表現，瞬間讓千紗羞恥不已。還不習慣讓人看見自己亢奮的模樣，她連忙板起面孔含糊帶過。

「走了啦……」

忍不住以冷淡語氣這麼開口後，千紗踏出步伐，加戀也快步跟了上來。

千紗不禁有些在意地望向她。

不知為何，加戀的嘴角上揚，看起來一臉很開心的樣子。隨後，她突然迸出一句：「對了。」然後望向千紗。

「特典的壓克力鑰匙圈，有兩種圖案對吧？不知道抽到的是哪一款。」

這次的特典，是小說中的男性登場人物蒼見和月彌的壓克力鑰匙圈。因為採隨機投入，在拆開小說前，無從得知自己抽到的是何者。

「鷹野同學，妳比較希望抽到誰？」

看到她以天真無邪的表情這麼問，千紗不禁移開視線。

「抽到誰都可以……兩個人我都喜歡。」

這麼回答後，她又接著補充：「不過……」

千紗純粹是一時興起，才會陪加戀聊天。

因為後者看起來實在是太開心——

再加上拿到老師的簽名，多少讓她的情緒變得比較亢奮。多虧加戀告訴她簽書會的情報，她才能買到附特典的小說。

「真要說的話……我比較想要蒼見……」

「這樣啊！我的話……我也是兩個人都喜歡，但如果拿到月彌，會比較開心呢。」

蒼見是身形高挑的男孩子，月彌則是體型比較嬌小的男孩子。

（我想也是……）

沒有任何根據或理由，只是加戀散發出來的氛圍讓她這麼覺得。

兩人繼續並肩往前走時，千紗察覺到加戀默默望向自己的視線。

有想說的話，直接說出來就好了，她到底在顧慮什麼呢？千紗不禁想要嘆氣。

然而不可思議的是，千紗不像之前那樣感到煩躁。看來今天自己的心情果然很不錯。

「…………要一起拆嗎？」

主動這麼提議後，千紗本人其實也吃了一驚。加戀也做出了相同的反應。

她先是驚訝地圓瞪雙眼，接著以「嗯！」表示贊成。

Change5
～變化5～

畢竟不好在大馬路中央拆封，兩人選擇踏進路旁的一間速食店。

點了奶昔就座後，千紗和加戀迅速拿出各自的特典紙盒拆了起來。

「……妳抽到誰？」

「是蒼見！」

加戀滿面笑容地將鑰匙圈亮給千紗看。

出現在千紗的特典紙盒裡的，則是另一名登場人物月彌。兩人恰好抽到了彼此喜歡的角色。

加戀微笑著表示：「我們來交換吧。」然後朝千紗遞出自己的鑰匙圈。

表情跟著和緩下來的千紗，也將自己抽到的壓克力鑰匙圈遞給她。

加戀喜孜孜地拎起月彌的壓克力鑰匙圈，像是自言自語那樣發出「好可愛」的讚嘆。

（可愛的是妳才對吧……）

彷彿是純潔又天真無邪的公主殿下——

不過，還不只這樣。她會為了入手附特典的小說而四處打聽，就算被人冷淡對待，也

完全不氣餒。加戀隱藏在柔弱外表之下的堅毅韌性，簡直讓千紗瞠目結舌。

看著這樣的她，千紗覺得自己的逞強實在很無謂。之前的警戒提防，或許全都只是在白費力氣吧。

千紗將壓克力鑰匙圈重新裝回紙盒中，再收進包包裡。

她望向靠窗的座位。其他高中的女孩子坐在那裡有說有笑。她們熱烈討論的，聽起來是目前當紅偶像的話題。

（…………朋友…………嗎。）

千紗以手托腮，將奶昔的吸管湊近嘴邊。

有朋友就是這樣的感覺嗎？

假日時一起來到速食店，一邊啜飲奶昔一邊開心聊著喜歡的明星的話題，或是交換周邊商品，相約一起去參加演唱會或相關活動等等。

千紗一直都對這樣的關係敬而遠之。然而，儘管擺出一副不感興趣的態度，她也並非完全不曾湧現欣羨之情。只是因為這是自己得不到的東西。再怎麼渴望，都不可能入手的東西——

就算試著跟誰建立這樣的關係，到頭來也只會更空虛。因此，她總是以「沒必要勉強去體會無法得到時的不甘和落寞」來說服自己。

這麼做是最輕鬆的。

現在，她這樣的想法仍然沒有改變。今後或許也不會改變。

（我一個人待著就好……）

今天發生的事，只是她一時興起。她只是覺得，體驗一下一生僅限一次的「朋友關係」，或許也不賴。

沒錯，只有今天。要是每天都這樣——她一定馬上就會厭倦，然後開始覺得這種關係令人心煩。在社群網站上和他人交流往來時，她也是像這樣維持一段固定的距離。

千紗總是重複著同樣的做法。她想必不適合和他人培養友情吧——

「鷹野同學，那個……接下來……」

加戀放下正在喝的奶昔，以有些顧慮的語氣開口：

「我要回去了。」

千紗拎起放在一旁的包包，拿著空杯子起身。

「這樣啊……」

加戀淺淺一笑，嗓音聽起來帶點遺憾的感覺。

「今天謝謝妳了……再見。」

語畢，千紗便離開座位。

走出速食店後，她深深嘆了一口氣。

明明好不容易回到自己一如往常的假日，她卻覺得好像——有那麼一點點不滿足。

七月初的某天，在上午的課程結束後，千紗捧著三明治和水壺走出教室。她踩著階梯往上，打開頂樓大門，毒辣的陽光瞬間照進眼底。

外頭或許熱得要命，但還是好過喧囂的教室。

千紗移動到圍籬旁坐下，掏出手機，正準備拆開三明治的外包裝時，頂樓大門再次被人打開。

Change5
～變化5～

從門後現身的加戀輕輕發出「啊！」的一聲。她手裡捧著布包的便當盒和水壺，看樣子也是打算來頂樓吃午餐。

杵在出入口片刻後，加戀有些猶豫地來到千紗身旁。

「那個……」

面對千紗裝作沒聽到的反應，她鼓起勇氣詢問：「我可以坐在這邊吃午餐嗎？」

「……隨便妳。」

千紗一邊嚼著三明治一邊淡淡地回答。

畢竟頂樓並非專屬於誰的私密空間。加戀在跟千紗隔著一個人的位置坐下，解開包裹著便當的布巾，再打開便當盒。

炸蝦和沙拉等配菜整整齊齊地塞在裡頭。米飯的部分似乎是香料燉飯。看起來相當美味的便當菜色，讓人忍不住多瞄幾眼。雖然不知道做便當的人是誰，但想必手藝很不錯。

「啊，妳要不要吃些配菜？」

或許是察覺到千紗的視線了，加戀將便當盒遞給她看。

千紗強忍住想回答「炸蝦」的衝動，移開視線並回覆：「不用了。」

將便當收回的加戀，表情不知為何有幾分失落。

之後的一段時間，兩人就這樣默默吃著自己的午餐。

（有夠熱…………早知道就留在教室裡吃了。）

額頭被陽光曬得發燙，整個腦袋也昏昏沉沉。蟬鳴在這股熱氣之中繚繞。

去年夏天，千紗也都是在頂樓度過午休時光。她總是一個人吃午餐。

「…………對了，那部小說之後要改編成舞台劇對吧？」

加戀突然停下筷子這麼開口。

看到千紗沒有回應，只是繼續咀嚼手中的三明治，她自顧自地往下說。

「鷹野同學，妳會去看嗎？」

「那是很受歡迎的舞台劇，門票沒有這麼容易入手。」

千紗忍不住順著她的提問回答。

小說本身的書迷很多，而獲選擔綱主角的宗田深冬和井吹一馬，更是超人氣的偶像。因為這兩人的粉絲也會加入門票爭奪戰，讓這齣舞台劇變得更是一票難求。

基於這是他們倆第一次出演舞台劇，渴望一睹其風采的人想必也很多。參加抽票的人大部分都落選了。有抽中的人真的是何其幸運。

Change5
～變化5～

「我一張都沒抽到……」

儘管心裡已經有個底，但看到告知未抽中的電子郵件時，千紗不免還是感到失落。

她靠上身後的圍籬，加戀則是以手抵著下頷表示：「這樣啊……」並陷入沉思。

朝加戀的側臉瞥了一眼後，千紗猛地抬起倚著圍籬的上半身。

「難不成妳……抽中了？」

看到她以極其認真的表情這麼問，加戀輕輕點頭。

「真的嗎？」

面對千紗突然逼近的一張臉，有些被震懾住的加戀再次點頭。

「妳為什麼要抽中啊！」

千紗不禁以雙手抱頭這麼吶喊。

偏偏又是這麼難抽中的珍貴門票。實在令人好生羨慕。

「…………要一起去看嗎？」

聽到加戀以有些顧慮的嗓音這麼問，千紗吃驚地「咦！」了一聲，然後望向她。

「因為……我抽了兩張……如果妳不嫌棄的話……」

「妳不是打算找哪個人一起去……？」

「我想說如果抽中了……或許就能一起去看。」

千紗瞪大雙眼，望向紅著一張臉支支吾吾的加戀。

「………妳是指……跟我一起去？」

加戀以一個羞澀的微笑取代回答。

不知該說些什麼的千紗以手掩面。

該說這個人是不會因為受到教訓而學乖的個性嗎——

即使千紗擺出這種拒人於千里之外的態度，加戀依舊露出笑容試著親近她。

「妳真的……沒有戒心到令人吃驚的程度耶。」

聽到千紗的自言自語，加戀露出「咦？」的表情。

因為覺得與人相處很麻煩，千紗在自己周圍築起一道高牆，也總是跟他人維持一段距離。

她習慣埋首追求自己喜歡的事物，不擅長像其他女孩子那樣聚在一起開心談笑。想「交朋友」的話，加戀應該可以選擇其他更好相處的對象——

Change5
～變化5～

「我要去……我想看那齣舞台劇。」

此刻再逞強也無濟於事。更何況那是好不容易抽中的門票，白白浪費掉就太可惜了。

聽到她的回應，加戀展露笑容，像是終於放下心來，輕喃：「太好了……」

「……妳這麼開心啊？」

「嗯！因為……這是我第一次跟別人一起去看舞台劇。妳呢？」

「…………我也是……」

猶豫半晌後，千紗選擇老實回答。

七月的某個星期天，千紗和加戀一起去看了舞台劇。坐在座位上觀劇的千紗，在昏暗的觀眾席上悄悄望向坐在身旁的加戀側臉。

後者的一雙眸子直直盯著舞台。

她似乎看得相當投入。待劇情進入後半段，她甚至感動到雙眼泛淚。

舞台謝幕時，籠罩了整個會場的熱烈歡聲和掌聲，持續好一陣子不曾停歇。加戀吸著

鼻子、不斷以手擦拭臉上淚水，也拚命拍手拍到掌心發紅的程度。

在小說中登場的蒼見和月彌，有著舞技精湛的設定。身為歌舞團體成員的宗田深冬和井吹一馬，可說是最適合詮釋這兩人的演員。因此原作的書迷也看得相當滿足。

告知舞台表演已結束的最後廣播傳來，兩人跟著其他觀眾一起從座位上起身。

步出大廳後，加戀仍沉浸在餘韻之中，露出一臉恍惚的表情。

「好好看喔！兩名演員也好帥氣。」

她將導覽手冊揣進懷裡，滿面笑容地這麼說。

殘留著淚痕的臉頰微微泛紅。

看著這樣的加戀，千紗的嘴角也自然而然上揚。

「回去吧……加戀。」

她想試著呼喚她的名字——

加戀露出柔和的笑容，來到千紗身旁和她並肩同行。

假日跟別人一起出門，像這樣走在一起，都讓千紗很不習慣。

不過，她並不討厭。

這種令人有些難為情的關係——或許也不賴。

「我也……可以叫妳的名字嗎？」

「嗯～我破例允許妳這麼做。」

聽到千紗的回應，加戀開心地笑了。

「千紗，妳會預訂舞台劇的ＤＶＤ嗎？」

「會啊。但我想先確認特典是什麼，再決定要去哪裡訂。妳呢，加戀？」

「嗯，我也打算訂。好期待喔！」

加戀露出率真笑容這麼回答，包包上掛著之前和千紗交換而來的壓克力鑰匙圈。這樣的光景，讓千紗微微瞇起雙眼。

再一下子就好——

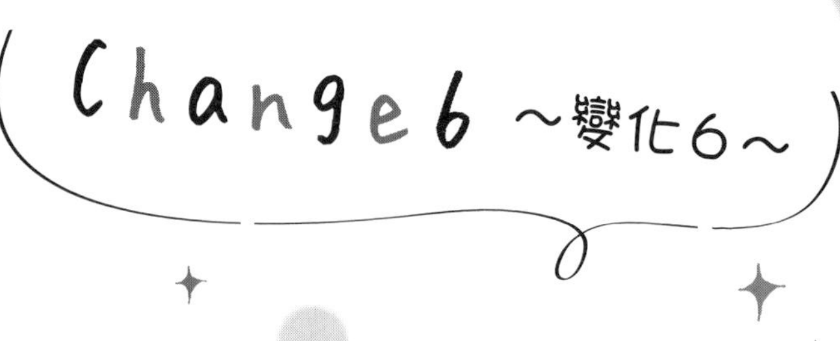

早安。

早安⋯

Change 6 ～變化6～

一

結束晨練，朝校舍走去的時候，已經是其他學生陸陸續續到校的時間。

隅田惠跟同班友人大川陽人一同走向校舍玄關。

「下次跟我們比賽的隊伍，隊裡有很多優秀的打者，真令人羨慕啊～希望局勢不會一面倒就好。」

「但我們有優秀的投手、也有擅長防守的球員啊。」

惠換上室內鞋，正準備將手伸向球鞋時，陽人笑著用手攬住他的肩頭。

「喔喔！你很有自信嘛。要是輸掉了，就倒立繞校園走一圈吧～？」

陽人大力揉亂惠被汗水濡濕的頭髮。後者推開這樣的他起身。

正要將球鞋放進鞋箱裡時，一個搖曳的紅色蝴蝶結出現在他的視野當中。

「不過，能把失分控制在三分以下的話，就算很不錯了。去年比賽的時候，學長他們也……嗳，你有在聽嗎？」

或許是因為被其他學生擋住，所以她沒發現惠等人，朝班上的鞋箱走去。

惠以視線追尋她的身影時，陽人詢問：「她就是三浦同學？」

惠沒有回應，只是默默將球鞋放進鞋箱，再關上鞋箱的門。

「高一的時候，你不是被她拒絕了？那天的練習賽，你表現得奇差無比，我們輸得很慘呢。竟然連續被對方擊出好幾支全壘打……直到現在，我都還會作那天的惡夢……」

「用不著回想啦。」

為了讓陽人安靜，惠直接以手掩住他的嘴巴。抽回手的時候，陽人還「噗哈！」地吐出一口氣。隨後，惠轉身離開玄關，匆匆收好球鞋的陽人也追了上來。

這時，加戀剛好也從自己班級的鞋箱前方走出來。

「啊……………早安。」

她以有些意外的表情向惠道早安。以往總是惠單方面跟加戀打招呼，所以，她今天的表現讓他相當吃驚，反應也因此慢了半拍。

被站在身旁的陽人用手肘頂了頂之後，惠才連忙回應：「早安。」

「你……早上有練習啊。」

「妳看到了……？」

聽到惠這麼問，加戀微笑著輕輕點頭。

「馬上要比賽了嗎……？」

「下下星期……」

沒辦法好好和她對話，實在令人心焦。在一旁默默聽著的陽人，還不時對自己投以視線。

他若無其事地以手肘輕推自己，八成是在暗示「快邀請她來看比賽」吧。惠以眼神回應「別說得這麼簡單啦」。

陽人無奈地聳聳肩，看起來像是在說「這下沒戲唱啦」。

「這樣啊。加油喔。」

面對加戀一雙眸子望著自己這麼說，惠不禁脫口以「三浦」呼喚她。

「那個啊……」

「啊……嗯……」

心跳聲瞬間變得劇烈起來。惠將雙手緊緊握拳，在內心不斷叫自己冷靜一點。

不過，他還來不及開口，一個「加戀」的呼喚聲搶先一步傳來。

加戀轉頭，表情也在下一刻變得開朗。

「早安，千紗！」

「早安……我今天放學後要去書店一趟，要不要一起去？」

「嗯！對了，最近好像有合作咖啡廳的活動呢。要去嗎，千紗？」

「嗯～這個嘛，妳想去的話，我們就一起去吧。」

跟加戀對話的同時，短髮女孩的目光移到惠身上。儘管覺得她的眼神充滿敵意，但惠跟她只有一瞬間對上視線，所以也無法斷言。

短髮女孩隨即移開視線，跟加戀一起踩著階梯往上。

「鷹野跟三浦同學同班啊。」

在一旁看著兩個女孩互動的陽人露出好奇的表情。

「你認識她？」

「我去年跟她同班。那兩人感情很好嗎？」

惠今年跟加戀不同班，就算陽人這麼問，他也答不上來。

他也不清楚現在的加戀在班上是什麼樣的狀況。

（去年那時……）

惠回憶起加戀在班上遭到孤立，時常獨來獨往的光景。

原本會一起行動的相川早希和伊原理繪，之所以開始把她當空氣，其實也跟惠脫不了關係。

不過，就算撇開這方面的原因不談，惠也想要幫助這樣的加戀，所以會在她獨處時主動向她攀談。然而，惠這種行為反而招致其他女同學的反感，讓加戀的立場變得更難堪。自從察覺到這一點，在教室裡時，他變得無法有事沒事就去找加戀說話了。

惠所能做的，大概只有在加戀獨自負責體育祭的善後作業時，湊過去幫她的忙。只能當個旁觀者、什麼都做不了的感覺，讓他相當無力。

升上高二後，因為被分到不同班級，惠和加戀見到面的機會跟著變少。頂多只能像剛才那樣，在校舍玄關巧遇時打聲招呼。

加戀今年依舊和相川早希、伊原理繪同班，因此惠也擔心她會像去年那樣被孤立，但剛才的她看起來很開心的樣子。

這是惠第一次看見加戀那麼開心地和他人交談。

彷彿被鷹野搶先一步的感覺，惠的心情有些複雜。不過，加戀交到能讓她敞開心房的

朋友，絕對是好事一樁。

（是說……她們從什麼時候開始變得要好啊？）

是最近嗎？今天是惠第一次看到這兩個人走在一起。

「那個叫鷹野的人好嗎？」

跟陽人一起走向教室的路上，惠這麼問道。

「我是不知道她人好不好啦……成績倒是不錯。上課的時候，她經常在筆記本上畫畫。」

「畫畫？」

「到了下課時間，她也多半一個人在座位上畫畫。這麼說來，我很少看到鷹野跟其他女孩子聊天呢。」

陽人邊走邊以手抵著下頷說道。

「……她是漫研社還是美術社的社員嗎？」

「好像不是喔。她放學後都會馬上離開學校。說不定三浦同學也喜歡漫畫之類的？」

踩著階梯往上後，可以看見高二學生們在走廊上閒晃。距離班會時間還有十五分鐘左右，因此大家仍開心地大聲說笑。

（高一的時候，我也看過三浦在看漫畫……）

雖然不知道有沒有到「喜愛」漫畫的程度，但加戀應該跟那個叫鷹野的女孩子很合得來吧。

「你會看漫畫之類的嗎？我沒看過你看漫畫呢。你房間裡也沒放漫畫書。」

看到惠沉默不語，陽人笑著調侃說：「那就沒辦法跟她聊共通的興趣嘍～」

「我偶爾也會看啦。」

「……你看的是可以搬出來跟女孩子聊的漫畫嗎？」

語畢，陽人的側腹隨即挨了惠的肘擊。他連忙表示：「我是開玩笑的啦！」

「不過，說真的，想跟她聊起來的話，我覺得你至少也看一看受歡迎的漫畫比較好。要不然，你一輩子都會停留在只能打招呼的階段喔。因為你很不擅長自己搬出聊天話題啊。」

被這番話戳到痛處的惠皺起眉頭。

一如陽人所言，他總是搞不清楚該跟女孩子聊些什麼才好，也常常為此困擾不已。

因為惠沒辦法跟上女孩子的話題。他的姊姊也曾給過「別老是顧著打棒球，也要對其

他事情產生興趣才行」這樣的建議。

打從小學時期開始，只要一有空，惠總是在打棒球。放學回到家後，他馬上會跟住附近的朋友一起跑到河畔去打棒球，就連週末也不例外。

遇到雨天，惠也會待在家裡打電動。但要是一連打上好幾天，他就會感到厭煩，只想往外頭跑。在閒暇時間，他時常自己練習投球或揮棒。

念國中時，加入棒球社的他每天都埋首練習；升上高中後，練習量也跟著增加。之前穿著沾滿泥巴的球衣回到家時，姊姊還曾皺起眉頭，一臉沒好氣地質問：「你想把短暫的青春和學校生活全都奉獻給棒球嗎？」

每次被這麼說，惠總會不滿地想著「這樣有什麼不好啊」。更何況，他的人生也不是只有棒球，他有好好思考其他方面的事情。但一一說明這些實在很麻煩，所以惠總是回應：「別管我啦。」

「我借你幾本漫畫如何？還是你要來我家看？我們家各種類型的漫畫都很齊全喔。」

「那些是你哥的漫畫吧。隨便拿來看，可是會挨罵的。」

「又不會少一塊肉。而且，他只有在大學放假時才會回來。我這樣可是在替他清理書架上的灰塵呢，豈有挨罵的理由？」

踏進教室裡後，男同學們向兩人打招呼：「早啊，大川、隅田～」

回覆問候之後，惠走向自己的座位。

陽人的座位在惠的斜前方。或許是因為剛才話說到一半，放下自己的書包後，他又馬上來到惠的座位旁，看來是沒打算結束這個話題。

身為惠在棒球社的好伙伴兼友人，陽人是真的在為他擔心。

「比起別人，你先擔心一下自己吧。」

「我眼中只有美佳子學姊啊。」

陽人口中的美佳子，是擔任棒球社經理的高三學姊。性格開朗直率的她，是陽人從高一便開始熱烈追求的對象。或許是因為再三告白過太多次，學姊現在幾乎不把他當一回事了。

「學姊明年就要畢業了喔。等到夏天比賽結束後，她大概也會退社了吧。」

「就算她退社了，也還有半年才畢業啊。這場比賽，我會在後半局一決勝負。先別管我的事了，是說，三浦同學喜歡什麼樣的漫畫啊？」

惠試著回想加戀之前在教室裡閱讀的漫畫書名，但怎麼也想不起來。

「我沒問過她這種事啦。」

「你偷偷調查一下嘛。如果你們看的是同一部漫畫，就比較有話聊了啊。」

陽人露齒燦笑，然後重重拍了惠的背一下。

（這麼說也有道理……）

惠這麼想著，從書包裡拿出筆記本和文具。待鐘聲響起，看到拿著點名簿的班導走進教室裡，陽人和其他同學隨即返回自己的座位上。

班會開始後，惠以手托腮，望向沐浴在炫目的夏日陽光之下的窗外景色。

仔細想想，他對加戀可說是一無所知。

（她好像很喜歡筆類的文具……）

他想起國中時，加戀站在書店文具用品區前方的模樣。現在的她也是這樣嗎？感覺她好像經常去逛書店。

一年前下著大雨的那天也是——

他目睹加戀在ＫＴＶ外頭被其他學校的男生糾纏，結果轉身逃跑的光景。

那天，為了慶祝考試結束，惠湊巧也被棒球社的伙伴們找去唱ＫＴＶ。

看到加戀逃跑的身影，他反射性追上去，卻在半路跟丟。因為找了一陣子，他沒能馬

上趕到她的身邊。

瞥見其他學校的男生準備對加戀揮拳的瞬間，惠怒不可抑地衝過去，一把揪住對方的衣領。要是加戀沒有及時制止，他想必就會跟對方打起來，然後被棒球社開除吧。

然而，那時的惠壓根不打算放過對方。不管再怎麼激動，他應該都會像比賽時那樣，跟其他學校的學生起衝突、還讓對方掛彩，是校方絕不會允許的行為。

那個當下，就連這樣的冷靜都徹底消散。也因為這樣，加戀似乎被他嚇到了。

能夠保有冷靜的一部分才對。

面對揮開自己的手、以快要哭出來的表情垂下頭離開的加戀，惠沒能馬上追過去。

他明明覺得不能放著她不管——

待加戀的身影消失在視野中，惠的雙腳才終於動了起來。

邊尋找加戀的身影、邊往車站的方向前進時，惠在書店裡看到她。一如國中時初次見到她那樣，隔著玻璃窗，加戀站在文具用品區的前方。

她低垂著頭、手中緊握著一支筆，表情看起來像是拚命在壓抑即將潰堤的情緒。感覺不是能進去跟她搭話的情況。

惠就這樣站在書店外，不知道淋了多久的雨。

Change6
～變化6～

待雨勢終於停歇，天空開始放晴時，加戀突然打開書店大門衝出來。

聽到她吶喊：「等等，柴崎同學！」惠連忙收回原本打算踏出的腳步，匆匆躲進書店大樓的陰影處。

被加戀喚住的，是一名比她先走出書店的其他學校的男孩子。原本以為他跟剛才那些男生是一夥的，但仔細一看，他身上穿的制服不一樣。那是櫻丘高中的制服。

惠不知道那兩人跟彼此說了些什麼。不過，目送那名男孩子離去時，加戀臉上帶著豁然開朗的笑容。

直到加戀的身影從視野中消失，惠才從建築物陰影處走出來。

他沒能向她搭話。或許也沒有這麼做的必要了。

他什麼都做不到。就連安慰她都無能為力。

那是至今惠覺得自己最沒出息的一次體驗。他當下的心情，有如在棒球比賽中慘敗那般糟糕。

從那天開始，加戀就改變了。

即使受傷、受挫，她仍試著反抗蠻不講理的狀況。她絕對不是弱者。

惠想成為跟加戀在一起時，能讓她露出放心笑容的存在。然而——她跟短髮女同學有說有笑的身影，此刻浮現在惠的腦中。

那跟她在高一時，對班上其他女同學裝出的笑容不同。

惠一直很想看到加戀像那樣開朗笑著的表情。不過，讓她展露那種笑容的人，卻不是自己。對加戀的女性友人湧現嫉妒的情感，或許是一件很奇怪的事，但惠的內心實在五味雜陳。

（我大概又被別人搶先一步了吧……）

他看著窗外嘆了一口氣。總覺得自己的手腳好像總是慢半拍。

更何況——他其實已經跟加戀告白過一次，然後被拒絕了。

儘管希望她再給自己一次機會，但不可能有這麼好的事情發生。

現在的加戀，或許已經沒有過去那麼排斥惠了。早上也會主動向他打招呼。然而，這並不代表她喜歡上他。

面對遲遲無法放棄加戀的自己，惠本人也很無言。他的理性明明告訴自己，應該要徹底斬斷對加戀的情感才對。

如果能成為不會讓她想保持距離的朋友，或許就已經足夠。

然而，加戀能夠把曾經向自己告白的男孩子視為朋友嗎？

（這連我都做不到了……）

他對加戀的這份情感，恐怕怎麼也無法忘懷，也無法當作從未發生過。

惠所能做的，只有佯裝成加戀的朋友。不過，就連這樣也——

「誰做得到啊……」

惠不自覺地輕喃。下一刻，他出自反射地用手掌接下從斜前方射過來的一塊橡皮擦，然後猛地抬起頭，發現老師正望著這裡詢問：「隅田～你今天請假嗎？」

「我在！」

這麼回答後，他看見坐在斜前方的陽人因為忍笑而雙肩顫抖個不停。

二

七月的這個星期六，是棒球社不用練習的日子。惠久違地來到車站附近的書店，挑選

了一本棒球相關書籍和參考書後，朝收銀台走去。

途中，他在陳列食譜的書架前停下腳步。

惠將參考書和棒球書籍夾在腋下，從架上抽出一本食譜。

「啊……！」

一陣細微的驚呼聲傳入耳中。他轉過頭，發現加戀佇立在店內的走道上。

兩人四目相對的瞬間，她迅速將手中的書藏到自己身後。

一瞬間瞥見的書名，惠有些熟悉，是出自貼在店內牆上的那張海報。上頭寫著「真人電影即將開拍！」幾個斗大的文字，幾名其他學校的女孩子，也在看到這張海報後心花怒放。

「隅田同學，你會自己下廚啊。」

聽到加戀這麼說，「咦？」惠將視線移往手中的食譜上。

「不……是被我老姊的小孩拜託的。」

「你姊姊的小孩？」

猶豫了幾秒鐘後，惠這麼開口：

「三浦……妳知道怎麼煮咖哩嗎？」

聽到他語帶遲疑的這個提問，加戀瞪大雙眼。

在收銀台結完帳，惠跟加戀一起走出書店。

將裝著小說的紙袋珍惜地揣在懷裡的她，嘴角看似開心地上揚。

（她……很喜歡那部小說呢。）

雖然不知道內容是什麼，但那似乎是很受女孩子歡迎的一部作品。惠的姊姊也經常會買類似的小說或漫畫。

「你為什麼突然問咖哩的煮法？」

「老姊拜託我幫她顧小孩，結果那幾個小鬼堅持午餐一定要吃咖哩，所以……妳擅長下廚嗎，三浦？」

「我在家很常煮咖哩……不過味道吃起來很普通喔。照我常用的食譜去煮可以嗎？」

「那是我也能煮成功的食譜嗎？我覺得自己的廚藝應該很糟糕呢。」

說到下廚，惠頂多只有家政課上烹飪時會稍微接觸，待在家時，他幾乎不曾負責做

飯。所以，突然被姊姊這麼要求，實在讓他傷透腦筋。

惠已婚的姊姊育有兩個就讀小學的孩子。第三胎在上個月出生後，請了產假的姊姊便返回娘家休養。今天她說自己必須去醫院接受健診，把老大和老二丟給惠照顧就出門了。

惠的母親現在雖然在家裡照顧兩個孩子，但晚點也有事要外出。因此，惠被迫接下準備午餐的重責大任。

這麼跟加戀說明後，她以手抵著嘴巴回應「原來是這樣啊」，然後沉思半晌。兩人就這樣抵達了車站前。

「…………要是你不嫌棄的話…………我也一起幫忙煮吧？」

「咦！可以嗎？」

聽到惠吃驚地反問，儘管有些遲疑，加戀仍輕輕點頭。

「因為你之前幫助過我……」

她指的大概是一年前的雨天發生的那件事吧。地點剛好就在這個車站附近。

明明是就算忘掉也無所謂的事情啊。

「那天……我沒能好好向你道謝呢。」

加戀宛如在回憶過往般垂下視線。她的唇瓣輕輕動了幾下。

她輕聲吐露出來的，是「對不起……」三個字。

「別在意這種事啦。」

惠像是想打斷她似的開口。他根本沒有做什麼值得被她感謝的事情。

加戀先是緊緊抿唇，繼續往下說：「可是……」

「三浦，妳願意一起來煮咖哩的話，真的是幫我很大的忙！」

看到惠筆直望向自己這麼說，加戀的臉上浮現笑容。

「嗯……」

在附近的超市採購完畢，兩人便朝惠的家前進。踩著石階往上後，加戀以稍微吃驚的表情環顧周遭。

穿越寺廟大門，宏偉的正殿跟著映入眼簾。一旁還有墓碑並排的墓園。

因為後方就是山，蟬鳴聲響徹了這一帶。

「午安。」正在為並排在停車場一角的地藏菩薩像灑水的女子，向兩人點頭問好。

看到惠出聲回應，加戀連忙跟著低頭致意。

「隅田同學，原來你家在經營寺廟啊。」

「我爸跟爺爺出門去做法事了。我媽應該在家……」

惠拉開主宅的玄關大門，喊了一聲：「我回來了～」隨後一陣咚咚咚的腳步聲跟著傳來。

姊姊的兩個孩子衝下階梯跑過來。

「阿惠──！歡迎回來──！」

小男孩活力百倍地這麼吶喊，同時整個人撲向惠。他是小學四年級的彰。跟著擠過來的則是小學二年級的柑奈。

「阿惠，歡迎回來～」

瞥見加戀的瞬間，彰亢奮地發出「唔喔喔喔喔──！」的長嘯。

他隨即轉身，從走廊上三步併兩步地衝回客廳。

「外婆、外婆，不妙啊──！阿惠帶女人回家了──！」

「啊哈哈哈哈！這怎麼可能呢，那孩子頂多只會帶幽靈回來……」

被彰拉著走出客廳的母親，看到杵在玄關的惠與加戀，馬上倒抽一口氣，然後張大嘴

僵在原地。

她的表情感覺比看到鬼還要震驚。母親這樣的誇張反應，讓惠難為情地以手掩住自己的眼睛。

「午安，打擾了！」

在加戀有些緊張地低下頭打招呼後，惠的母親才終於回神，堆出滿面笑容回應：「歡迎妳喲！」

先把有事外出的母親趕出家門，再把吵吵鬧鬧的彰和柑奈成功趕進客廳裡後，惠返回廚房。

加戀向惠的母親借來圍裙套上，已經開始洗米準備煮飯。

「我來幫忙。」

這麼說之後，惠才發現不知道該從何處著手，只能呆站在廚房裡。

他決定先把從超市買來的食材全數從袋子裡拿出來，並排在流理台旁邊的台面上。

（把這些洗乾淨就行了吧……）

盯著馬鈴薯這麼想的時候，他發現加戀停下手邊的工作望向自己。

「我先洗這個可以嗎？」

指著馬鈴薯這麼問道，加戀微笑說著：「嗯，麻煩你了。」

惠扭開水龍頭，洗去馬鈴薯表面的泥沙。

「剛才……不好意思喔。我媽是不是問了很多有的沒的？」

在這之前，母親跟加戀一起待在廚房片刻，也稍微聊了一下。

「伯母是個很歡樂的人呢。」

「她只是愛說話而已啦……」

只要一閒下來，母親總愛找人聊天。沒人能陪她聊天時，她會邊看電視邊自言自語，看膩了之後，還會轉而找父親飼養的吉娃娃說話。

檀家（註：將家中婚喪喜慶等大小事全盤交由特定寺廟執行的家庭）的阿姨們來家中拜訪時，她們甚至能開心地閒話家常好幾個小時。

今天，母親想必也對加戀問東問西，讓她因此困擾不已吧。惠不禁沉下臉。

這時惠察覺到一股視線。他望向廚房大門，發現原本被趕進客廳裡的彰和柑奈，正從

Change6
～變化6～

大門縫隙偷窺廚房裡的動靜。

（這些傢伙～～！！）

惠握著馬鈴薯走向廚房出入口，一把拉開大門。

因此踉蹌了幾步的彰驚叫出聲：「嗚哇！」

「作、業、寫、完、了、嗎？」

惠以雙手抱胸，皺著眉頭這麼質問。

「外婆交代我們監視阿惠，免得你做色色的事情啊。」

「誰會做啊！我們在煮咖哩啦，別進來！」

「給我買冰的錢。」

彰嘻皮笑臉地伸出手這麼說。他大概打算去附近的便利商店買冰吃吧。如果能換得片刻的安寧，這點小錢倒也值得。

惠從褲子口袋裡掏出錢包，將它塞進彰的掌心。

「可以順便買漫畫雜誌嗎～？」

「可以是可以，但別告訴外婆喔……我會挨罵的。」

「萬歲～！」

彰牽著柑奈，蹦蹦跳跳地跑向玄關。看著他們離去的背影，惠帶著厭煩的表情關上廚房大門。

返回廚房後，他看到加戀像是拚命忍笑般以雙手掩嘴。

「抱歉……我家的人很吵。」

「不會。你們家熱熱鬧鬧的，感覺很開心呢。」

說著，加戀又輕笑了幾聲。

兩人端著終於煮好的咖哩來到客廳時，彰和柑奈正趴在地上看漫畫雜誌。

掛在日式簷廊上的風鈴，在空調冷風吹撫下發出清脆的聲響。

惠催促彰和柑奈把凌亂的客廳收好，再把咖哩和裝著麥茶的玻璃杯放下。

在桌前就坐後，四人一起合掌喊出：「我要開動了！」

「好好吃喔——！」

湯匙還含在嘴裡的彰大聲喊道。柑奈也滿面笑容地表示：「真好吃。」

「真的耶，超好吃的……」

聽到惠這麼說，原本還有些擔心的加戀露出鬆了一口氣的微笑。

「我這次煮了稍微偏甜的口味，還可以嗎？」

「這樣剛剛好。我家煮的咖哩都太辣了。」

說著，惠再次以湯匙舀起咖哩送進口中。加戀也開始吃起自己那一份。

煮完咖哩後，加戀原本打算馬上回家，但被惠挽留：「既然都煮好了，妳就留下來一起吃吧？」

人家特地來家裡幫忙煮咖哩，要是沒有做出任何答謝就讓她離開，他八成會被母親臭罵一頓：「呆瓜！」而且母親在出門前還再三囑咐：「在我回到家之前，絕對不能讓她回去喲！」從這樣的態度看來，一旦辦完事情，母親想必就會飛奔回家吧。

更重要的是——惠自己也想跟她多相處一下。

如果錯過這次，他就幾乎沒機會跟加戀說話了。在學校，兩人頂多只有在上學和放學時會碰到面。在沒有明確理由的情況下，他也不好隨便到加戀的班上去找她。

（不過……待在別人家的時候，感覺神經都會繃得比較緊呢。）

他偷偷朝坐在對面的她瞄了一眼。

坐在加戀身旁的柑奈，幾乎整個人黏在她身上。兩人有說有笑，看起來已經混熟了。

「姊姊，紅蘿蔔好好吃！」

「妳喜歡紅蘿蔔嗎？」

「嗯，喜歡！星星圖案的紅蘿蔔好可愛！」

「那妳要多吃一點喔。」

加戀這麼說著並露出笑容。

（她……好像很開心呢……）

加戀似乎不會感到尷尬。惠原本還覺得請她幫忙煮咖哩的要求太厚臉皮，看來是不用擔心了。

「嗳～嗳～阿惠，等等要來玩傳接球嗎？」

正在享用咖哩的彰開口問道。

「今天不玩。有客人來啊。」

「咦——！那夏日慶典呢？要去逛夏日慶典嗎？」

正當惠在猶豫該怎麼回答時，加戀望向他詢問：「夏日慶典？」

「我們這個地區舉辦的夏日慶典。每年都會辦在公民活動中心外頭的廣場上。」

「姊姊，妳也一起去吧～！」

柑奈扯了扯加戀的裙子，以充滿期待的雙眼望向她。

惠也不自覺望向加戀。但在兩人對上眼後，他又馬上將視線拉回咖哩的盤子上。

「……要一起去嗎，三浦？」

「咦？」

「夏日慶典……如果妳不嫌棄的話。」

惠緊握湯匙，舀起咖哩送進口中，以若無其事的語氣這麼問道。

加戀像是在猶豫似的沉默下來。

彰和柑奈也罕見地不發一語，只是默默盯著惠跟加戀的臉。

清澈的風鈴聲傳入安靜的客廳裡。

「……我……可以去嗎？」

「可以啊……應該說，妳能一起來的話，就幫了我大忙呢。因為我得照顧這兩個孩子啊。」

雖然覺得這只是藉口，惠仍垂下視線這麼說。

「不過……這樣會給妳添麻煩吧。畢竟會讓妳晚歸……」

「沒這回事的。」

聽到加戀果斷的語氣，惠抬起視線。

加戀看似有些緊張地抿唇。

「我也…………想去夏日慶典。」

語畢，紅著臉的加戀補上一句：「感覺很好玩嘛。」然後堆出試著化解尷尬的笑容。

「太好了……」

聽到自己不小心將鬆了一口氣的感受脫口而出，惠連忙將剩下的咖哩送進口中。

因為拗不過彰的央求，惠一直陪他玩傳接球玩到傍晚。待兩人回到家後，加戀和柑奈從後方的房間走出來。柑奈換上有著金魚圖樣的粉色浴衣，嚷嚷著：「阿惠～你看你看！」然後衝向杵在玄關的惠，一把抱住他的腳。

「適不適合～？」

「咦？很適合……」

被惠伸手摸了摸頭之後，柑奈開心地露出滿面笑容。惠接著將視線移向加戀。

她身穿一襲牽牛花圖樣的深藍色浴衣，有些緊張地朝惠走來。

「祝你們玩得開心喲～！」

從房裡探出頭的母親，帶著壞心眼的笑容朝四人揮揮手。

加戀轉身，低頭致意：「謝謝您借我浴衣。」

「伯母把你姊姊的浴衣借給我穿……」

她再次轉身面對惠，帶著幾分難為情的表情解釋。

「慶典…………應該已經開始了……走吧？」

因為緊張，惠這麼詢問的嗓音顯得有點尖。他無法跟加戀四目相接，只能任憑視線在半空中游移。

加戀以「嗯」輕輕點頭回應。在惠蹲下來替柑奈換上草履（註：外型和木屐相似，但鞋底呈平坦狀的日式傳統夾腳鞋。目前多以皮革、布或塑膠等原料製成）時，加戀也在一旁換上惠的母親為她拿出來的草履。

早一步衝出家門的彰，迫不及待地在外頭大喊：「快點嘛～！」催促他們。

四人穿越寺廟大門，踩著石階往下，並肩走在被夕陽餘暉染紅的街道上。附近的居民也換上浴衣，朝公民活動中心前進。

「……你剛才在玩傳接球啊。」

被加戀這麼一說，惠才發現自己手中還緊握著球。

「我都忘了……」

他把自己下意識拿在手中把玩的那顆球塞進褲子口袋。

加戀以手掩嘴輕笑出聲。

「隅田同學，你是從什麼時候開始接觸棒球？」

「從念小學的時候……吧。」

「感覺你很喜歡棒球呢。」

「因為我也沒有其他興趣嘛。」

「能埋首於自己喜愛的事物當中，是一件很棒的事啊。」

惠望向加戀，露出柔和的笑容。

「……三浦妳呢？妳喜歡看漫畫……跟小說？」

「兩者都喜歡呢。」

「例如……妳剛才買的小說？」

「那部作品是千紗告訴我的……因為太有趣，我一下子就迷上了。我還跟她一起去看了原作改編而成的舞台劇。」

說著，加戀又微笑補充：「希望有機會再看呢。」

「妳說的千紗，是跟妳同班的鷹野？」

「嗯。真虧你知道耶。」

「我有個朋友高一時跟鷹野同班。」

這麼回答後，惠小心翼翼地試著詢問：「現在的班級……感覺怎麼樣？」

「很開心啊。因為有千紗在。」

加戀隨即這麼回答。

惠回想起自己在學校鞋箱處被千紗怒瞪的事情。

那是他第一次看到千紗，也不記得自己曾做過什麼被對方討厭的事情。雖然不明白千紗瞪他的理由，但她很明顯對自己沒有好感。

惠將手伸向滲出汗水的後頸。

（是無所謂啦……反正她是三浦的朋友。）

「之前……我總是顧著迎合身邊的人。無法抬頭挺胸地說出自己喜歡的事物，只是一味擔心會不會被他人嘲笑或討厭的問題。很奇怪吧？明明沒有必要這麼做……我卻一直隱瞞自己的真心……所以覺得過得很不快樂呢。」

回想起過往的加戀，臉上浮現像是企圖掩飾內心辛酸的虛弱笑容。

「……這樣日子會很煎熬吧……」

為了迎合周遭群眾而抹殺真正的自己，想必是令人窒息又綁手綁腳的事。

為此，甚至還無法盡情喜歡自己原本愛好的事物。

惠想起加戀高一時總是獨自低垂著頭的模樣。

「我比較想看到妳熱中於喜歡的事物，然後露出開心笑容……」

感受到視線的惠望向一旁，發現加戀正直直盯著自己看。

方才的自言自語，突然讓他感到極度難為情。惠的臉不知不覺漲紅。

「抱歉，我好像說了奇怪的話……」

想確實理解他人內心的痛楚，是相當困難的。這並沒有單純到能夠用一句話來帶過。

更何況，無論多麼想了解對方的痛楚，實際上，恐怕只有實際經歷過相同的創傷，才能真正了解到個中滋味。

世上有著興趣跟自己截然不同的人，也有想法跟自己大相逕庭的人。沒有必要讓所有人都理解自己這個存在。

只要自己重視的對象能夠理解，便已經足夠。

比起希望無法互相理解的人理解自己，最後遭到拒絕而感到空虛無比，可說是來得好太多了。

「不會……謝謝你……」

加戀輕輕搖頭，然後望著惠露出微笑。

惠忍不住移開原本也望著她的視線，心神不寧地將雙手插進褲子口袋裡。

「阿惠，快點啦～！」

待公民活動中心終於出現在視野當中，快步跑向前方的彰和柑奈揮手朝兩人呼喊。

說不上寬敞的這片廣場上，擠滿了前來享受夏日慶典的人們。因為是地區性質的慶

典，除了用來裝飾的大紅燈籠以外，只有角落有幾間棉花糖和刨冰的攤位。

雖然也有炒麵和烤雞串的攤位，但這些攤位周遭聚集了很多住在附近、暢飲啤酒大聲談笑的成年人。

加戀在樹下的長椅上坐下，樂在其中地眺望孩童們在廣場上四處奔跑的模樣。惠以雙手捧著刨冰，停下腳步看著這樣的她。察覺到他的視線後，加戀也轉過頭來。

惠朝加戀走去，將淋上紅色草莓糖漿和煉乳的刨冰遞給她。

加戀仰頭望向惠，微笑著向他說了一聲：「謝謝。」以雙手接下遞過來的刨冰。

惠在她身旁坐下，看著加戀舀起一口刨冰吃下。

「好冰好好吃喔。」

即使到了夜晚，空氣中仍瀰漫著讓人出汗的熱氣。

惠將湯匙伸向自己手中的那碗刨冰，也舀起一口放進嘴裡。

「如果讓妳覺得無聊……我很抱歉。感覺沒什麼好玩的呢……」

「很好玩啊。因為我很久沒有來逛這類慶典了。而且……你主動開口約我，我也覺得很開心。」

加戀露出彷彿花綻的柔和笑容。這讓惠瞬間心跳加速。

「……妳沒去看煙火大會之類的？」

每年舉辦的煙火大會，總會吸引相當多人前來。現場應該也有很多攤位可以逛。

念國中的時候、還有去年，惠都跟棒球社的友人一起去看了煙火。因為社團在暑假時幾乎每天都要練習，大概也只有在這種日子，社員們才能出門透透氣。

「小學畢業後，我好像就沒有去過了……」

「那今年……」

聽到惠欲言又止，加戀轉頭望向他。

「妳也不會去嗎？」

「……………這個嘛……你會去嗎，隅田同學？」

「我……」

棒球社的友人，大概也會像去年那樣找他一起去吧。

雖然他也打算赴約，但可以的話，今年他想——

惠若無其事地望向加戀，發現她彷彿在等待自己的答案般一直望著這裡。

「我嘛……如果能去就好了……」

這麼含糊回答後，惠舀了一大口刨冰送進嘴裡，結果瞬間被冰到頭痛。「……唔！」

他不禁以握著湯匙的那隻手按住腦袋。

加戀呵呵笑了兩聲，也吃了一口自己的刨冰。

惠不自覺地凝視著這樣的她的側臉。

「我做不到。我不打算跟任何人交往。你這樣讓我很困擾。」

「我已經不想再被討厭、也不想引人注目！」

加戀在一年前用來狠狠拒絕自己的這些發言，讓惠難以忘懷。即使已經過了一年，仍會讓他的胸口隱隱作痛。

不同於那時候，現在的加戀，或許比較能接受自己了——這會不會只是他把事情想得太美好？

之所以今天一整天都跟惠待在一起，是為了答謝他之前出面救了自己一事。加戀本人是這麼說的。

擅自期待她對自己懷抱更多好感，想必是錯誤的想法。

機會只有一次。在這個唯一的機會到來時，完美地揮棒落空的他，要是再期待第二次

機會，恐怕只會被當成死纏爛打的討厭鬼吧。

感覺擱在腿上的手開始冒汗，惠將那隻手緊緊握拳。

「……………你怎麼了嗎？」

看到他皺起眉頭而沉默下來，加戀有些擔心地問道。

惠抬起原本落在自己手上的視線，筆直望向加戀的眸子。

「那個啊……」

「啊……嗯……」

表情變得有些緊張的加戀輕聲回應。

在乘著晚風搖曳的燈籠下方，兩人不自覺凝視著彼此。

捧在手裡的刨冰慢慢在碗中化開。

他們或許就這樣對望了一分鐘之久吧。

因熱鬧的人聲而回過神來之後，惠匆匆移開自己的視線。

「那個……這件浴衣很適合妳。」

好不容易擠出來的，就只有這句話。

滿臉通紅的惠垂下頭，把幾乎完全化為糖水的刨冰一口氣喝下肚。

儘管如此，發燙的臉頰仍無法冷卻下來。

加戀先是圓瞪雙眼，接著害羞地笑著回應：「謝謝。」

這身浴衣打扮真的相當適合她。對惠來說，光是能將這句讚美說出口，就已經很了不起了。

繫在頭上的紅色蝴蝶結也很適合她。

（真的……好漂亮………）

「姊姊，我們來玩煙火吧～！」

朝兩人跑過來的柑奈，一把抱住加戀的雙腿，將手中裝著煙火的袋子拿給她看。

或許是活動單位發放給孩童的禮物吧。惠朝人聲鼎沸的公民活動中心所在處望去，發現有不少孩子在那裡放煙火。

彰也亮出手中的煙火喊道：「阿惠～來放煙火～！」

加戀被柑奈從長椅上拉起身，跟著她一起移動到放煙火的人群聚集之處。

加戀跟柑奈一起蹲下來，從袋子裡拿出煙火點燃。

看著火花迸裂四散，兩人露出開心的笑容。惠則是坐在長椅上眺望這樣的她們。

要是他再次跟她告白，表示希望能跟她交往的話——

她仍然會以「我做不到」回應嗎？

又或者會給出不同於那時的答案？

惠取出收在口袋裡的棒球，默默凝視著它。

他將棒球在手裡轉了幾圈，然後緊緊握住。

抬起視線後，他發現加戀也朝這邊望來。

一旁的柑奈和彰揮手吶喊：「阿惠～」看到加戀露出笑容跟他們一起揮手，惠臉上也浮現笑意，放下刨冰的碗起身。

（這種事情……不試試看怎麼會知道呢。）

Change7 ～變化7～

Change 7 ～變化7～

一

隔天放學後，惠在社團教室換上球衣，跟著其他社員一起跑向操場。途中，加戀從校舍走出來的身影，讓他不自覺停下腳步。

「惠，你在幹嘛？比賽要開始嘍。」

晚一些跟上來的陽人喚道。

「抱歉，你先過去吧。」

朝加戀瞥了一眼後，陽人拋下一句：「別遲到喔。」便先行離開。

這時，加戀發現停下來等待自己的惠，因此跟著停下腳步。

這裡是惠一年前跟她告白的地方。

在鐵絲網另一頭的操場上，棒球社的球員們開始練習傳接球。

那天，自己也是像這樣在比賽前跟她告白——回想起這段過往，惠下意識地將手伸向帽子的帽簷。

「你……等一下有比賽？」

先開口的人是加戀。她或許已經聽說棒球社今天有比賽了吧。其他學校的棒球社社員，現在也聚集在操場上開會。

「妳呢？要回去了嗎？」

「嗯……我是這麼打算……」

一如那天，蟬鳴聲響徹這一帶，落在身上的陽光也十分灼熱。

凝視著自己的影子半晌後，惠將視線移回加戀身上。

他筆直望向她，有些緊張地開口：「那個啊……」

「妳能等到我社團活動結束嗎？」

加戀有些猶豫地沉默下來，臉頰好似發燒般泛紅。

面對耐心等待自己開口的惠，她輕聲回答：「嗯……好。」

「要開始開會嘍！」

在教練一聲令下，原本在練習傳接球和做熱身操的社員們，陸續走到長椅旁集合。

「那麼……晚點見。」

對加戀這麼說之後，惠便轉身跑向操場。

這段對話、再加上比賽前的緊張，讓他的心跳聲劇烈得惱人。

開完會之後，惠坐在長椅上重新將棒球鞋的鞋帶綁緊。

坐在他身旁的搭檔陽人，拿起瓶裝運動飲料喝了一口。

「那個啊……」

聽到惠開口，「嗯～？」陽人以悠哉的聲音回應他。

「如果今天這場比賽打贏……」

說著，他放開鞋帶，抬起上半身。

「我打算告白。」

陽人將寶特瓶抽離嘴邊，以吃驚的表情望向他。

惠拿起擱在一旁的帽子起身。

「那麼……拚死拚活都要贏嘍。」

Change 7
～變化7～

跟著站起來的陽人朝惠露齒燦笑，然後用力拍了拍他的肩頭。

惠以壓低頭上帽子來代替回應，跟陽人一起奔向操場。

「請多多指教！」

排成隊列的雙方球員吶喊聲，在晴朗的天空中迴盪。

加油聲傳來。惠站在投手丘上，感受著汗水從額頭滑落，不禁抬頭仰望天空。潔白的雲朵飄浮在蔚藍的天空中。

目前，比數以水鈴高中領先一分的狀態來到九局上半。

遭到三振的打者退場後，遞補的打者一邊輕輕揮動球棒，一邊走上擊球區。如果能阻止對手在這局得分，比賽就會提前結束。因為是最後的機會了，為敵方隊伍加油的聲音也格外熱烈。

（還剩一個人……）

惠緩緩吐出一口氣，望向擊球區上的打者和捕手陽人。戴著捕手面罩的陽人，以蹲姿舉著手中的手套。

灑落的陽光灼熱而刺眼，但惠並不討厭。

加戀在鐵絲網外頭觀看比賽進展的身影，落在他視野的一角。

惠知道陽人在手套後方對他笑。他一定是想調侃惠：「她有在看喔。可不能讓她目睹你出糗啊。」

（這我也知道啦……）

惠舉起手，朝前方跨出大大一步。

他投出去的棒球，「啪」一聲直接落入陽人的捕手手套裡。

揮棒稍微遲了一些的打者，忍不住手扠腰並垂下頭來。

「好球！」

裁判這麼宣布後，長椅上傳來一陣歡呼聲。

用手套接下陽人扔回來的棒球後，惠伸手將頭上的帽子再次壓低一些。

一年前，告白被加戀拒絕的那天，他之後在比賽中的表現簡直慘不忍睹。因為控球不

夠穩，讓自家隊伍痛失七分後，惠被無情地換下場。

下場之後，他只能坐在長椅上，垂著頭等待比賽結束。惠怎麼也忘不了自己那天的落魄。陽人至今仍會把這件事拿出來調侃他，畢竟他那天真的是悲慘到讓人想笑出來。

不過，今天——

惠舉起手，咬牙奮力將球投出。這記曲球鑽過球棒，被陽人以手套紮紮實實地接住。裁判宣布「好球！」的聲音傳入耳中時，惠不禁稍微放心地吐出一口氣。

他接住陽人丟回來的球，緩緩高舉手臂。再一球就——

惠朝地面用力一蹬，拋出手中的球。

在裁判喊出「好球！」的下個瞬間，他望向陽人的手套。方才扔出去的球擊中手套的正中央。

打者放下球棒嘆了一口氣。

比賽至此結束。長椅處傳來一陣歡聲雷動，原本站在防守位置上的同隊隊員，也滿面笑容地過來集合。

陽人拎著脫下來的捕手面罩，緩緩朝惠走來。看著惠脫下帽子，以手臂拭去汗水，陽

人以手套輕拍他的肩膀。

「你也認真過頭了吧。竟然投出那麼誇張的球。」

「因為我絕對不能輸。」

惠朝鐵絲網望去，跟站在那裡的加戀對上視線。

看到加戀露出像是鬆了一口氣的笑容，為了掩飾自己臉紅的反應，惠伸手將頭上的帽子再次壓低。

球隊會議結束後，惠返回社團教室換上制服。其他隊員仍舊沉浸在比賽獲勝的餘韻之中。他對著開心嬉鬧的隊員們說了聲：「辛苦了。」然後早一步收拾好包包，走出社團教室。

耀眼的夕陽將外頭染成一片橘紅色。

看到加戀坐在花圃外緣等待自己，惠緊張地深吸一口氣。

他用力握著肩背運動包的背帶，緩緩朝加戀走去。稍微抬起頭的加戀，沐浴在夕陽之

下的臉頰看起來有些泛紅。

她朝惠望了一眼，接著又轉頭望向正前方，一雙手緊緊揪住擱在腿上的書包邊角。

「你剛才……有點帥氣呢。」

聽到加戀輕聲這麼說，惠一把將帽子戴在她的頭上。

「哇！」

加戀慌張地叫出聲。

「我知道妳在看，所以很努力。」

惠滿臉通紅地別過臉這麼說。加戀從帽簷下方仰望這樣的他。

「你現在能正確寫出『CHiCO with HoneyWorks』了嗎？」

聽到她這麼問，「咦！」惠忍不住驚叫出聲。

「妳知道那是我寫的？」

還在念國一時，惠曾跟加戀用文具店的試寫紙交流過，但他一直以為加戀不知道自己交流的對象是誰。

加戀彷彿想掩飾臉上表情似的壓低帽子，輕輕抽動著肩膀笑起來。

在胸口蔓延開來的喜悅，以及初次在書店看見她時湧現的那股熱度，讓惠的嘴角情不自禁上揚。為此感到難為情的他，紅著臉將手撫上自己的後頸。

她是什麼時候發現的呢？從高中入學典禮那天開始，就已經知情了嗎？

自己興奮地在試寫紙上亂寫的模樣，又是什麼時候被她看到？

得知加戀竟然還記得國中時期這件不值一提的小事，惠忍不住又驚又喜。因為他一直以為只有自己單方面惦記著這件事——

原來並非如此嗎？

加戀低垂著頭，看似很開心地繼續笑著。

看著這樣的她，惠臉上的表情慢慢變得認真。他下意識將緊張的手緊緊握拳。

「還是……不可能嗎？」

聽到惠這麼問，加戀緩緩抬起視線。

心跳聲開始加快。

加戀的表情也緊張起來，兩片唇瓣緊抿成一條線。

若要開口，只能趁現在。就是為了這個，才讓她一直等著。

Change7
～變化7～

就在惠稍微深吸一口氣，道出「請妳跟我——」的時候——

突然從一旁竄出強力水柱，噴得惠從頭到腳瞬間全濕。濕透的制服貼在身上，水滴也不斷從身上滴落。

因為事出突然，加戀只能瞪大雙眼，以雙手掩住嘴巴。幸好這道水柱沒有波及到她。

「啊，抱歉，我還以為是雜草呢。」

「……………」

站在遠處捏著水管前端的，是那名短髮女孩。

對著惠的水管前端仍持續噴水，半空中跟著出現一道彩虹。也因為這樣，惠的腳下積了一大灘水。

「千紗！」

聽到加戀慌亂地呼喚自己的名字，短髮女孩終於扭轉水龍頭將水止住。

完美毀了惠第二次告白的鷹野千紗，以一臉傲慢的表情揚起下頷。

踏進速食店後，惠捧著自己點的漢堡和果汁的托盤，尋找還空著的座位。店裡只剩後方的四人桌空著。

待惠就座後，加戀和千紗跟著坐在他對面的位子上。

（為什麼連鷹野都來了……）

惠沉下臉，望向理所當然似的坐在同一張桌前喝果汁的千紗。被她以不悅的眼神怒瞪後，他隨即移開視線。看來千紗果然對他抱持著敵意。不然也不會刻意用水管噴他水了。

「隅田同學，你還好嗎？」

或許很在意惠濕透的襯衫吧，加戀以擔心的語氣這麼問。

「已經乾得差不多了。」

走出學校時，惠原本還是全身濕透的狀態；但在炎熱的室外步行好一陣子後，他的衣褲變乾不少。話雖如此，襯衫和鞋子仍有一部分是濕的。

千紗邊玩手機邊喝果汁，看起來一副不關己事的態度。或許壓根不覺得自己有錯吧。

Change7
～變化7～

「今天的比賽好激烈呢。」

加戀捧著奶昔的杯子笑著這麼說。

「什麼比賽？」

惠還來不及開口，千紗便從手機螢幕上抬起視線，望向加戀問道。

「棒球比賽。」

「哦……原來你在打棒球啊。」

以不感半點興趣的語氣這麼回應後，她望向惠詢問：「輸了嗎？」

「贏了啦！」

惠忍不住忿忿地回答。千紗的嘴角揚起壞心眼的笑。

「哦～這樣啊……啊，加戀！」

千紗以手托腮，將自己的手機螢幕亮給加戀看。畫面上顯示著薯條的圖案和「恭喜中獎！」的字樣。大概是一天能試一次手氣的抽獎APP吧。

「我抽到薯條了，要不要吃？」

「嗯！看起來很好吃呢。」

「那麻煩妳去兌換吧。」

千紗將手機交給坐在靠走道座位的加戀。後者以「好啊」輕鬆回答後，起身走向點餐櫃台。因為有不少人在排隊，感覺會花上一點時間。

眼前的千紗一臉乏味地喝著果汁。惠跟她沒有什麼話好聊，為了化解尷尬而拿起漢堡大口咬下。

（剛才的告白……妳要怎麼補償我啊。）

因為被千紗拿水管噴水，淋成落湯雞的惠沒能將告白台詞好好說完。

他原本打算在回家路上重新向加戀告白一次，但千紗一直黏在她身旁，導致惠遲遲無法將關鍵的那句話說出口。

看著在前方有說有笑的兩人，惠帶著一臉不是滋味的表情走在後頭。

之後，千紗突然提議到這間速食店裡坐坐。

她感覺是深受加戀信賴的友人，應該不至於是壞人，但惠完全摸不透她在想什麼。

吃完漢堡後，惠將包裝紙揉成一團。

「……妳有什麼企圖？」

「……企圖？」

千紗充滿敵意的視線投來。

「妳是故意讓三浦暫時離席吧？」

想買薯條的話，她大可自己去買。之所以沒這麼做，八成是有什麼不願意被加戀聽到的話要說。

「你發現了啊。」

「多少有察覺到。」

「那我就明說了……」

千紗以手撐著桌面起身。她探出上半身，一張臉緩緩朝惠靠近。「嗳……」隨著她吐出的氣息，傳來這句有如喃喃細語的聲音。

「把加戀讓給我啦……」

一下子沒能明白這句話是什麼意思，惠還以為千紗是在調侃他，因此皺起眉頭。不過，千紗的雙眼看起來極其認真。

「什麼讓給妳啊……三浦又不是我的所有物。」

我還來不及拜託她跟我交往，就被妳用水管噴水打斷了吧——儘管內心這麼想，但惠

沒有說出口。

「有什麼關係，反正你不是很受歡迎嗎……跟你告白的女孩子要幾個有幾個吧……」

千紗直直盯著惠，又重複了一次：「讓給我啦。」

「不要。」

「你還有很多對象可以選擇吧？可是我……！」

說到這裡，千紗像是踩煞車般突然噤聲，帶著有些扭曲的表情垂下頭。

她捏爛手中的果汁紙杯，裡頭的冰塊紛紛灑在托盤上。

「我可不是隨便一個人都好！」

受到千紗影響，惠的語氣也不自覺變得強硬。千紗抬起頭，看起來對他的反應感到相當意外。

「雖然不知道妳在想什麼，但跟我說這種話很奇怪吧……更何況，我不打算把三浦讓給妳。」

惠以極度認真的表情這麼回應。

一陣沉默後，「哈……」千紗發出短暫的笑聲。

「現充……還真是幸福啊……」

她的挖苦讓惠不滿地沉下臉。

「這兩者無關吧。」

「如同加戀所說……你是個老實過頭的人呢，真是讓人不爽……」

千紗不耐煩地揚起偏長的瀏海，像是自言自語地這麼說。

「薯條領回來……」

加戀雙手捧著托盤走回來，發現千紗和惠帶著尷尬的表情，各自望向不同的方向。

「……怎麼了嗎？」

「我試著撩了一下隅田而已。」

聽到千紗的回答，「咦？」加戀雙眼圓睜。

「妳少胡說八道好嗎。」

惠皺眉望向千紗，接著向加戀解釋：「鷹野只是隨便亂講而已。」

「你這傢伙很無趣耶~怎麼都開不起玩笑啊。」

「那還真是抱歉喔。」

看著兩人鬥嘴的光景，加戀忍不住笑出聲來。

千紗對這樣的她露出柔和的笑容，然後拾起擱在椅子上的書包，以及桌上的托盤。

「千紗，妳要回去了？」

「嗯~因為我突然想起自己還有事要做。」

「薯條呢？是不是要請店員裝進外帶的紙袋裡比較好？」

加戀不知所措地望向托盤上剛炸好的薯條。

「給你們倆吃吧。拜拜，加戀。」

千紗揹起書包，笑著向加戀道別。接著又將視線移往惠身上，對他做出吐舌扮鬼臉的表情。

「那明天見嘍。」

揮手目送千紗離去後，加戀將盛著薯條的托盤放在桌上。

「……鷹野平常就是這種感覺嗎？」

聽到惠這麼問，坐在他對面的加戀笑著回應：「嗯。」

「妳們看起來感情很好呢……」

「如果沒有千紗在，我就會一直孤獨一人了。她是我很重要的朋友。」

「哦……」

（「朋友」啊……）

「把加戀讓給我啦……」

千紗以認真的眼神這麼開口的模樣，在惠腦海中閃過。

她的雙眼透露出一種彷彿已經走投無路的拚命感。

「難道你跟千紗吵架了？」

在惠茫然思考這些時，加戀有些顧慮地問道。

「不……比起這個，我可以……吃薯條嗎？」

指著薯條這麼問之後，加戀笑著回應：「嗯，可以啊。」把托盤推向桌子正中央。兩人就這樣面對面坐在涼爽的店內，一起分享眼前的薯條。

千紗走了，現在只剩下他們倆。這或許是重新告白的好機會。

不過，看著加戀開心地和自己討論方才賽事的模樣，惠實在無法說出用來表達心意的那句話。他默默湧現「現在保持這樣或許也不錯」的想法。

他不小心滿足於能跟她待在一起的這一刻——

「話說回來……妳是從什麼時候開始注意我的？」

惠突然很想問問國中時期的事。

「咦！……是……什麼時候呀？那隅田同學你呢？」

她看起來有些慌張，對惠投以像是在窺探反應的眼神。

「…………是什麼時候呢。」

看到惠以手托腮裝傻的模樣，加戀先是愣愣地眨了眨眼睛，接著掩嘴笑了起來。

看著這樣的她，惠臉上也不自覺浮現溫柔的表情。

「以後……我再告訴妳。」

「嗯……我也是。」

二

時值二月的第一個星期。這天放學後，惠跟陽人一起在學校的玄關鞋箱處換穿鞋子。

「難得今天社團休息，要不要繞去哪裡晃晃？例如棒球打擊場之類的。」

陽人將室內鞋放進鞋箱裡，朝惠露齒燦笑。

「這跟平常的社團活動有什麼差別啊。」

「不然去ＫＴＶ……啊，你不會去嘛～一旦社團休息，感覺就讓人閒到發慌呢～」

「你可以去練跑一下再回家啊。」

「這跟平常的社團活動有什麼差別啊。」

陽人將交握的雙手抵上後腦勺，把惠剛才的發言原封不動地還給他。

確實如此呢——惠嘆了一口氣，將室內鞋塞進鞋箱。

走下階梯的加戀，在看到惠和陽人後「啊！」一聲停下腳步。

「隅田同學，你今天也要練社團嗎？」

「不……我正要回家。」

惠這麼回答後，一旁的陽人附和；「我們社團今天休息呢～」同時偷偷用手肘推了他一下。眼鏡後方的那雙眸子，透出彷彿在看好戲的笑意。

「約她一起回家啦。」

「你很吵耶。」

Change7
～變化7～

惠低聲回應靠在他耳邊這麼低聲提議的陽人。為了避免他說些有的沒的，惠還乾脆直接用手摀住他的嘴。

「三浦妳……是要回家了嗎？」

「嗯……不過我想繞去一個地方。那再見嘍。」

加戀露出微笑，輕輕揮手向兩人道別。

惠就這樣凝視著她朝自己的班級鞋箱走去的身影。

同時，他也終於收回掩著陽人嘴巴的手。後者露出一臉沒好氣的表情。

「我說啊，惠。所謂的機會，可不會一而再、再而三地出現喔。」

「這我也知道啦……」

惠緊皺著眉頭走出校舍。

雪花從雲層偏厚的天空緩緩降下。呼出來的氣息也化為一片白茫茫的霧氣。

惠聽著其他學生的談笑聲，跟陽人並肩踏出步伐。

「你打算總是這樣默默目送她離開到什麼時候？還是說三浦同學有喜歡的人了？」

「…………這我沒聽說。」

（但她總是跟鷹野在一起就是了……）

「她長得那麼可愛，應該很受歡迎吧～」

「……就是說啊。」

「搞不好會被其他人搶走喔～」

「……就是說啊。」

惠沉著一張臉敷衍地回應。

走出學校大門時，陽人使勁拍了一下他的背，他因此踉蹌幾步。

「……你幹嘛啦？」

「這樣就好了嗎？」

「……就說我也知道嘛。」

陽人這麼質問，表情和嗓音都透露出未曾有過的認真。他感覺不是在開玩笑。

「你為什麼不跟她告白？難道你還有其他在意的女孩子？」

輕聲回答後，惠踩著半融的雪往前。

「沒有這回事。」

他想交往的對象，從來就只有一個人。他不曾考慮過加戀以外的人選。

落在兩人大衣上的雪花，轉眼化成雪水滲入布料。

「我都不知道原來你這麼優柔寡斷耶。平常明明頑固得要命。」

走在一旁的陽人發出「呵」地一聲輕笑。

「……因為……我不知道三浦是怎麼看我的啊。」

惠望著自己的腳邊輕聲回答。陽人將視線移往他身上。

被惠搭話時，加戀不會露出厭煩的表情。跟他待在一起時，她也會展露開心的笑容。

打算第二次告白的那天，她也願意耐心等到自己比賽結束。

如果向她表明自己的心意，或許加戀不會像高一時那樣拒絕他。

然而就算這樣，她也不見得對惠懷抱著戀愛感情。她也有可能覺得兩人當普通的朋友比較好。

過去，惠偶然間聽到加戀跟千紗在教室裡的對話內容。

這是文化祭前一陣子的事。

惠決定在這天跟加戀告白而來到她的班級外頭，然後聽見教室裡傳來的說話聲。

教室裡只有加戀跟千紗兩個人在。

「加戀……妳會想跟誰交往嗎？」

被千紗這麼問，加戀猶豫了片刻，輕聲回答：「……現在應該……不會吧。」

「……為什麼？妳沒有特別在意的對象嗎？」

「……我……沒有喜歡別人的資格。」

加戀垂下眼簾，以帶著幾分落寞的笑容這麼說。

惠不清楚加戀為何這麼想，不過若是她沒有意願和誰發展戀愛關係，他也無可奈何。有一天，她的心態或許會變得比較積極正面。或許能夠自然而然地喜歡上某人。惠懷抱著這樣的想法持續等待，因此至今仍遲遲未能表達自己的心意。

陽人說得沒錯。這樣的作風確實不像他。

換作是平常的惠，只要有什麼在意的事，他總會直截了當地問出口。事情一直維持在曖昧不清的狀態，只會讓他靜不下心來。

就連這一刻，他其實也很想確認加戀真正的想法——

（我怎麼做得到啦……）

Change7
～變化7～

不想被加戀討厭——惠左思右想，最後發現自己無法告白的理由，或許就只有這個。

這次要是又被拒絕，一切就真的結束了。不會再有下一次機會。

察覺到陽人投來的視線，原本默默往前走的惠轉頭望向他。

「要我幫你寫情書嗎？交給我吧。別看我這樣，我念小學時還上過書法教室喔。」

「……你只去了三個月吧。」

「別這麼說嘛。要是繼續寫書法，我現在大概會變成書法社的一員，而你也不會有這麼優秀的捕手搭檔了。你應該感謝我這種三分鐘熱度的個性呢。」

惠一臉沒好氣地回應他：「什麼跟什麼啊。」

「哎呀，我不是在跟你開玩笑。我隨時都能提供協助喔。」

「要是哪天變得自暴自棄了，我會考慮的。」

陽人笑著叨唸：「你這傢伙。」然後用力拍打惠的肩膀。惠也毫不留情地反擊，最後兩人一起笑出來。

「要去吃個漢堡再回家嗎？」

「不……我想繞去一個地方。」

惠在書店大門外頭停下腳步。

「是喔。那就明天見嘍。」

笑著輕輕揮手道別後，陽人便朝車站走去。

目送他離開後，惠隔著玻璃窗望向書店內部。

他想必是一開始就喜歡上她了吧。

一開始跟加戀以留言交流時，惠覺得自己就已經喜歡上她了。他想要見見她本人，於是每天都刻意從書店外頭經過，不停想像她會是個什麼樣的女孩子。

第一次看到加戀在文具用品區握著紅筆輕笑的模樣時，惠便明白她是和自己交流的那個人，也湧現了「我想和這個女孩子交往」的強烈念頭。

這樣的想法至今依舊——

惠穿越自動門踏進書店。裡頭的暖氣讓室內相當溫暖。

他朝她那天所在的文具用品區走去。

想起加戀手握紅筆輕笑的模樣，惠的嘴角也不自覺上揚。

CHiCO with HoneyWorks——

明明是自己喜愛的創作團體，卻拼錯了他們的團名。會被她笑也是理所當然的。

原來加戀知道寫下那行文字的人就是惠。得知這件事時，他有些驚慌失措。

她或許也從某處看到他在試寫紙上留言的模樣吧。

惠從提供試寫的筆之中挑出一支藍筆。

在試寫紙一角寫下幾個字後，他苦笑著輕喃：「我在幹嘛啊……」將筆放回架上。

在這種地方寫下自己的心意，又有什麼用呢。

惠離開文具用品區，買了幾本書籍和參考書之後走出書店。

他仰頭望向天空。雪花不斷紛落，路上的行人也都撐起了傘。

他默默期待著。說不定，她會像那天一樣，察覺到寫下那段文字的人就是自己——

惠將手插進口袋裡，朝車站踏出步伐。

隔週放學後，惠在車站外頭跟陽人道別，朝書店的方向走去。

（那張紙……八成已經被扔掉了吧。）

他這麼想著，來到文具用品區，發現自己之前寫下留言的那張試寫紙還在。

懷著「她或許會看到」的期待，以藍筆寫下的那行字。

「我喜歡妳——」

明明可以面對面傳達給她，卻遲遲下不了決心。

彷彿會讓人不自覺輕聲吐露的這份心意。

這時，惠發現自己的藍色文字旁邊，多了一行以紅筆寫下的小巧文字。

那是加戀的筆跡。因為跟國中時一模一樣，他馬上就看出來了。

「我也喜歡你。」

看到這幾個字的瞬間，惠不禁屏息，震驚得以手掩嘴。

她發現他留下的訊息了。

他的心意順利傳達給她了——

心跳聲像是在催促他行動似的加快。惠感到坐也不是、站也不是，隨即離開了文具用品區。

他推開書店大門跑到外頭，還差點跟打算入內的客人撞在一起。

「不好意思！」

匆匆垂下頭道歉後，他又馬上拔腿衝刺，接著卻在半路停下腳步。

（我又不知道三浦現在人在哪裡……！）

他沒有跟加戀交換聯絡方式，因此無法馬上跟她確認。

今天放學相遇時，加戀是跟千紗一起行動。那時她對千紗說：「我要去教職員辦公室一趟，妳先回去吧。」所以現在或許還在學校。希望她還在。

「……我……沒有喜歡別人的資格。」

加戀之前的這句發言，此刻在惠腦中閃過。

（怎麼可能有這種事啊……）

只要活著，無論是誰都會犯錯。

人無法完美無缺地活下去。

無法抹去的罪行和傷口都會一直增加。

儘管如此——

絕對不會有「沒資格喜歡別人」這種事情。

他希望她能露出開朗笑容。

今後，她還能夠創造出無數開心的回憶。

會有人覺得認識妳真好。

會有人喜歡妳。

Change7
～變化7～

會有人希望妳能幸福。

——他不願她忘記還有這樣的人存在。

惠穿過學校大門，朝校舍走去，結果在操場的鐵絲網旁發現了加戀的身影。

因為一路狂奔過來，他有些上氣不接下氣，於是深呼吸讓自己冷靜。

察覺到惠現身，加戀吃驚地停下腳步。

他的心跳加速到胸口隱隱作痛的程度。

一個深呼吸後，惠筆直地望向加戀。

雪花在相隔一段距離的兩人之間輕飄飄地落下，在地面堆積起來。

「妳……看到書店的留言了啊。」

聽到惠這麼說，加戀臉頰染上一陣緋紅，默默將視線移向自己的腳邊。

「嗯……」

「我可以把妳的回應當真嗎？」

以認真的表情這麼問之後，惠發現她的一對眸子閃爍著猶豫。

「可以嗎……？」

加戀先是緊緊抿唇，接著才緩緩開口：

「我並不是什麼好女孩……在了解我之後，你或許……會發現我不是想像中的那種人，然後討厭我……」

「我不會。」

彷彿要打斷她的發言般，惠果斷開口。

他凝視著眼前的加戀，再一次向她強調：「我不會。」

「我並非完全不了解妳。因為我一直都看著妳……我不會討厭妳、也不會覺得妳不是自己想像中的那種人。」

無論遇到多麼辛酸煎熬的事，加戀都獨自努力撐過來。他一直看著這樣的她。

看著她沒有輕言放棄，而是不斷向前的身影——

所以，他不可能討厭她，也不可能覺得她不是自己想像中的那種人。

Change7
～變化7～

加戀的雙眼開始浮現水氣。她像是試圖忍住似的垂下眼簾。

「我喜歡妳。」

惠直接傳達出來的心意，讓加戀宛如觸電般抬起頭。

希望這句話能傳達給她。滿載自己真心的這句話——

「希望妳能跟我交往！」

惠這麼大聲開口，然後垂下頭伸出自己的一隻手。

就算被別人聽到也無所謂。有人在看也沒關係。

不知道默默佇立了多久。

加戀踏出腳步朝惠走近，輕輕將自己的掌心疊在惠伸出來的手掌上。

感受到她有些顧慮地握住自己的手指後，惠才終於抬起頭。

淚水從她濕潤的雙眼滑落，在臉頰留下一道淚痕。

她輕啟唇瓣，以幾乎聽不見的音量向惠表示：「謝謝你。」

她看著惠露出微笑。

「我也……喜歡你………」

惠忍不住緊緊握住那感覺馬上就要抽回的纖細手指。

加戀連忙以另一隻手拭去潮紅臉頰上的淚水。

看著她可愛的一舉一動，惠的表情也變得柔和起來。

「……要一起回去嗎？」

「……嗯。」

加戀羞澀地點點頭。

惠鬆開她的手，然後再次確實握好。

三

鷹野千紗獨自走在因下雪而變得昏暗的街道上。剛逛完書店的她，現在正準備回家。

（對了，我還沒訂ＣＤ……）

她原本打算前往唱片行，「明天再說吧……」最後又改變心意。

一陣手機鈴聲傳來。她從書包裡掏出響個不停的手機。

是加戀打來的。她邊走邊接起電話詢問：「怎麼了？」

『抱歉喔，千紗……妳現在方便嗎？』

「我可以講電話……發生什麼事了嗎？」

『那個啊……我……跟隅田同學變成男女朋友了……所以，我想告訴妳這件事……』

千紗握著手機沉默了幾秒。

『本來想明天再說的，但又好想趕快告訴妳。』

加戀說話的速度很快，也有些慌張。她的嗓音聽起來比平常更緊張。

「這樣啊……我知道了。謝謝妳特地告訴我。」

『對不起喔，突然打給妳……明天再好好跟妳說。』

「加戀。」

千紗呼喚她名字的唇瓣浮現笑意。

「真是太好了……」

Change7
~變化7~

『嗯……謝謝妳。』

開心地道謝後，加戀便結束這段通話。千紗不知何時停下了腳步。

緊握著手機的那隻手慢慢變得冰冷。

「加戀……妳會想跟誰交往嗎？」

「……現在應該……不會吧。」

「……為什麼？妳沒有特別在意的對象嗎？」

「……我……沒有喜歡別人的資格。」

想起兩人放學後在教室裡的這段對話，千紗的嘴唇不自覺緊抿成一條線。

在雪花無聲無息紛落的街道上，她佇立在原地，放下握著手機的那隻手並對它使力。

「…………大騙子…………」

Change 8 ～變化 8～

Change 8 ～變化8～

一

五月的第一個星期，千紗與加戀兩人單獨留在放學後的教室裡。從玻璃窗透進來的夕陽餘暉，為教室裡染上一片橘紅。在操場上進行社團活動的學生吆喝聲，以及走廊上傳來的學生交談聲，感覺都有些遙遠。

「妳果然很會畫畫呢，千紗。」

千紗坐在自己的座位上，用筆記本畫著小說角色。聽到加戀這麼說，她握著自動筆的手停下動作。坐在前方座位的加戀，將椅子轉過來面對千紗的桌子，眺望著她畫的男性角色，然後露出開心笑容。

「啊！我很喜歡這一幕呢。」

她指著筆記本上的某處這麼說。

Change8
～變化8～

那是男孩看到另一名男孩哭泣時，將手撫上他的臉龐安慰他的光景。

「要是有人這麼溫柔對待自己，絕對會讓人心跳加速。」

「但現實世界沒有男生會這麼做就是了。用手抬起對方的下巴之類的。」

「說得也是……不過，感覺會希望有人對自己這麼做一次呢。」

「……去拜託妳男朋友啊。」

聽到千紗這麼說，加戀瞬間變得滿臉通紅，還猛搖手表示：「我做不到啦！」

在高二生活即將結束時，加戀和隅田惠正式成為男女朋友。加戀放學後會留在教室裡，也是因為要等惠的社團活動結束。升上高三後，兩人每天都會一起回家。

（我只是她打發時間的對象嗎……）

千紗將視線往下，繼續在筆記本上作畫。

「千紗，要是有人對妳這麼做……妳會有什麼反應？」

「對方是現實世界的男生嗎？」

她邊畫邊這麼問之後，加戀紅著臉點頭回以「嗯」。

千紗望向窗外沉思了半晌。

「我會賞他一巴掌。」

「如果對方是一個很棒的人，妳說不定會心跳加速，然後喜歡上他啊。」

加戀將雙手的手肘撐上桌面，滿面笑容地望著千紗。

她塗上唇蜜的水潤唇瓣微微上揚，看起來很開心。

「……那要來試試看嗎？」

「咦？現在……在這裡試？」

「妳要確實說出小說裡的台詞喔。」

忍不住想使壞的千紗這麼開口後，加戀慌張地喊了一聲：「咦咦～！」

「我不確定自己有沒有記住台詞耶……」

「只要差不多就行了。」

「那我要開始嘍……」

加戀將椅子往後挪，稍微探出上半身。

「別哭了。你的悲傷就由我……」

她以認真的表情凝望著千紗，將手伸向她的臉頰。

在手指就要觸及千紗臉頰時，她停下動作。

筆直望著千紗的她，遲遲沒能說出下半段台詞，最後露出有些困擾的傻笑。

「對不起，我忘記台詞了……」

「我一點都不覺得心動耶。」

「再給我一次機會吧？我這次一定會好好唸完台詞。」

加戀雙手合十央求道。朝這樣的她瞥了一眼後，千紗沒好氣地回應：「這種遊戲去跟妳男朋友玩啦。」

加戀先是瞬間語塞，接著輕聲說：「我做不到啦……」鬧彆扭般鼓起泛紅的腮幫子。

「因為我們是朋友……我才有辦法這麼做啊……」

千紗抬起視線，發現加戀對她露出害羞的笑容。

（因為是朋友……是嗎……）

加戀剛才中途停下動作的手指，此刻再次輕輕撫上千紗的臉頰。

如同小說劇情那樣，她做出替千紗拭淚的動作。

那雙近在眼前、凝視著自己的眸子，泛著和夕陽同樣柔和的溫暖顏色。

「妳眼睛的顏色真美……我很喜歡喔。」

她瞇起雙眼微笑。

突如其來的這句話，讓千紗甚至忘記呼吸，只能愣愣望著眼前的她。

好不容易擠出來的，是透露出動搖的一句：「……啥？」

「惠。」

聽到惠從教室入口傳來的呼喚聲，加戀隨即欣喜地轉過頭。

「加戀，我社團活動結束嘍。」

加戀起身，「那明天見嘍。」向千紗道別後，便離開自己的座位。

「抱歉，我們今天開會開到比較晚。」

「沒關係。我剛才都跟千紗待在一起，所以很開心。」

聽著兩人逐漸遠離的交談聲，千紗按上自己的臉頰。滾燙的觸感。變得急速的心跳聲，彷彿傳遍了身體每個角落。

（……她這是什麼意思？）

像加戀那樣以手指輕輕撫過自己的臉頰後，千紗深深垂下頭。

（難不成她發現了……？）

但千紗馬上以「不可能的……」抹去這個可能性。

加戀不可能發現。她理應是把千紗當成「朋友」。

實際上，兩人就是朋友。不是更親密、也不是更疏遠的關係。加戀不可能把她視為什麼特別的存在。

然而，她卻表現出這種引人遐想的態度。

因為不會過度意識對方，才能做出這種行為嗎？因為兩人只是朋友——

千紗闔上筆記本，將它揣在懷中起身。

她站在柱子後方朝窗外望，看到加戀和惠並肩行走的身影。

兩人極其自然牽在一起的手，讓千紗的表情蒙上一層陰霾。

（那種傢伙……到底有哪裡好啦。）

她在內心這麼咒罵，然後移開視線。

她很清楚。和煩躁情緒混雜在一起，持續侵蝕內心的這股混濁情感，其實是嫉妒。

外型帥氣，在棒球社裡相當活躍，既親切又溫柔，宛如運動漫畫主角的一個男孩子。

要是被這樣的男孩子痴痴迷戀，沒有女孩子不會心動。

加戀會選擇惠是很正常的。千紗也有事情早晚會發展至此的預感，因此，聽到加戀打

電話告訴她兩人開始交往時，千紗並沒有太驚訝。

那個當下，她所感受到的只有空虛，以及類似遭到背叛的落寞。

不過，把這視為背叛行為是不對的。怪罪加戀也是。

她純粹想跟千紗分享開心的事情而已。

因為千紗是重要的友人，才想第一個讓她知道。加戀只是這麼想罷了——

她一定沒想過，這樣的行為或許會讓對方受傷吧。

現在，她也沒有發現這一點。

正因如此，這樣的純真和溫柔——反而更顯得殘酷。

「跟我說這種話很奇怪吧……更何況，我不打算把三浦讓給妳。」

高二那年夏天，三人一起造訪速食店時，惠曾以極其認真的表情這麼對她說。

他坦率、沒有迷惘到足以令人不爽的程度。

倘若惠是個差勁的男孩子，千紗就能用「別跟那種傢伙在一起啦」來勸退加戀了。要是惠仍糾纏個不停，她或許還會訴諸武力解決。

跟惠待在一起時，加戀臉上總是帶著幸福的笑容。剛升上高二時，她總是孤單一人，但現在情況不同了。她身邊已經有個能夠保護她、讓她感到放心的人。升上高三後，那幾個無視加戀的女孩子被分到其他班級，所以會惡整她的同學也不在了。

邁入高三，主動跟加戀搭話的同學變多，最近也常看到加戀跟她們有說有笑的光景。

（她現在根本不需要我了嘛……）

明明已經有其他可以輕鬆談笑的對象，為什麼加戀還是一直待在千紗身邊？是因為覺得馬上投入新朋友的懷抱，是很現實的行為嗎？

至今，千紗一直沒有加入任何小圈圈，就是因為嫌這種顧慮和束縛感太麻煩。

她並不希望加戀勉強待在她的身邊。

如果加戀能拋下她離去，或許反而更好——

晚上，因為雙親會晚歸，千紗自己一個人吃過晚餐後，便返回房間坐在書桌前。畫在空白筆記本上的，是頭上繫著蝴蝶結、有著蓬鬆髮絲的女孩子。千紗不知不覺間拿起自動筆，描起頭髮的線條。

「妳眼睛的顏色真美……我很喜歡喔。」

千紗滿腦子都是加戀微笑著伸手輕觸自己臉頰的情景。在回家路上、回到家之後，她一直都在思考這件事。

她停下畫畫的手，然後輕觸自己的臉頰。

感覺加戀指尖的觸感彷彿還殘留著，她的臉頰開始變得滾燙。

（說什麼啊……眼睛顏色很美的是妳吧……）

加戀近在眼前的那雙眸子，透出淡淡的橘色光輝。

她的那句話，以及伸手輕觸千紗臉頰的行為，想必都沒有太多意義吧。

只是朋友之間的嬉鬧——

對加戀來說，不過是這樣罷了。在一般情況下，這只會讓彼此笑笑就結束的事——

Change8
～變化8～

然而，這卻讓千紗感覺自己彷彿是特別的，也因此動搖起來。

自從遇見加戀之後，千紗的心就一直搖擺不定，總是因為她陷入一團亂。

一起回家、放學後一起繞去書店逛逛、假日時相約一起度過。一起做這些事情的人，為什麼「我」就不行呢——

就算不是男朋友也可以吧？

每次看見加戀開心地和惠手牽手回家的模樣，像這樣的不滿和落寞就會在千紗心中湧現。她不知道該如何排解這樣的情緒。

千紗望向自己快要完成的塗鴉。那是一名短髮女孩從後方溫柔環抱住蝴蝶結女孩的圖。不同於她平時經常畫的小說或漫畫角色，這是千紗的原創角色。這兩人沒有名字。她只是基於一時興起而畫出來。

千紗撕下這頁，煩躁地嘆了一口氣，同時將紙張揉成一團。

溫柔、平等、沒有人會受傷的世界，是不存在的。

期待這種世界降臨，是錯誤的想法。

每個人都只能竭盡所能，搶奪自己獨一無二的愛。

每個人都渴望成為某人心中特別的存在——

換作是以前的自己，大概只會嗤之以鼻地想著「無聊」吧。

但現在，千紗完全笑不出來。

因為她也成了這些人的一員。

（當普通朋友不就好了嗎……我到底還想奢求什麼呢。）

沒有比渴求自己得不到的東西更痛苦的事情了。

既然這樣，以「我不要了」來放手就好。

將之捨棄就好。

千紗以雙手包住紙團，垂下頭用力咬唇。

儘管理智上明白，她的內心卻拒絕這麼做。

因為做不到，才會如此痛苦。

幾乎足以令她窒息——

我需要「妳」——

我怎麼可能說得出這種話呢。

二

隔天早上，睡眠不足的千紗換上制服後，將書包擱在桌上做出門準備。這時，她發現了夾在筆記本裡的票券收納夾。

千紗拾起收納夾，取出放在裡頭的兩張門票。

這是加戀也喜歡的那部小說的舞台劇門票。第一部舞台劇公演時，多虧加戀抽到票，千紗才有機會跟她一起去看。那已經是去年的事情了——

第二部舞台劇，將會在今年暑假公演。

「加戀……她會想去嗎……」

公演的時間是暑假。因為想給加戀一個驚喜，千紗刻意沒跟她提自己抽到票這件事。

將門票放回收納夾裡，再塞進書包口袋後，千紗走出房間。

這天放學後，千紗獨自留在教室裡，一如往常在筆記本上畫畫。

她畫的是在小說中登場的男性角色。畫到一半，她停下動作，將夾在筆記本裡的票券收納夾稍微拉出來一點。

「抱歉，千紗，我拖到這麼晚。」

聽到加戀的聲音，千紗猛然回神，匆匆將票券收納夾藏起來。

她以手托腮，另一隻手忙著描繪男性角色的頭髮時，加戀來到她的身邊。

等到加戀在前方座位上坐下，她才終於抬起頭來。

「妳去教職員辦公室了？」

剛才一下課，加戀就馬上走出教室。或許是被班導找過去吧。

「嗯。跟老師討論我畢業後出路的問題。」

「……哦……」

Change8
～變化8～

「對了，新一集小說快出版了吧。妳預訂了嗎，千紗？」

「……妳呢？」

「我已經訂嘍。特典的繪卡很漂亮呢。而且今年夏天又有新的舞台劇……不知道還會不會推出跟咖啡廳合作的活動？」

加戀從書包裡掏出漫畫開心地這麼說。

「妳……有去抽……舞台劇的門票嗎？」

千紗盯著筆記本開口問道。

「我很想去看舞台劇，可是……公演日期跟惠的比賽衝突到了。再怎麼說，今年夏天都是他最後一次參加比賽嘛。」

聽到加戀語帶遺憾的回應，原本在按自動筆筆芯的千紗停下動作。

（什麼啊…………）

等到今年的夏天大賽結束，隅田惠就會辭退棒球社了吧。基於這一點，他現在練習得比過去更加勤奮，也時常因為這樣晚歸。

即使是週末假日，他也會從一大早開始練社團到傍晚的樣子。雖然兩人完全沒時間約會，但每天能一起回家，似乎已經讓加戀很開心了。

「千紗妳呢？妳會去看嗎？」

「不會……反正我也沒抽到門票。」

「……如果能一起去看就好了呢。」

加戀這麼說著，百般遺憾地嘆了口氣。

就算約妳去，妳也會以男朋友優先吧——

因為無法畫出自己想像中的臉部線條，千紗以橡皮擦擦掉男性角色的臉。試著重畫之後，卻怎麼也畫不好，桌面上的橡皮擦屑跟著愈堆愈多。

在一旁看著的加戀，有些惋惜地問道：「妳怎麼一直擦掉？」

「嗯……總覺得抓不到手感。」

「千紗，妳好像很少畫女孩子喔？」

加戀無心的這句話，讓千紗握筆的手停下來。

「…………我不擅長畫女孩子呢。因為沒辦法畫得可愛……」

「會嗎……一定會很可愛的啦。」

加戀露出純真的笑容說道。

「…………加戀，妳……比較喜歡什麼樣的女孩子？」

「我的話……」

加戀伸手掃掉橡皮擦屑，然後像昨天那樣，以沐浴在夕陽下的一雙眸子望向千紗。

「像千紗這樣的女孩子……吧？」

「…………我又不可愛。」

「妳很可愛啊，千紗。不只眼睛很美，嘴唇也小巧又水潤……」

加戀一邊輕喃：「好好喔……」一邊以陶醉的表情朝千紗伸出手。

在加戀的手指即將觸及千紗的唇瓣時，她和惠感情融洽地在放學後手牽手回家的模樣，一瞬間從千紗的腦中閃過。

「別這樣！」

千紗反射性地大叫起身，同時一把將桌面上的筆記本和筆揮開。

桌椅碰撞聲在教室裡迴響。接著，令人窒息的沉默籠罩室內。

加戀錯愕地瞪大雙眼。

回過神來的千紗狠狠咬住下唇。雙手也緊緊握拳到指甲陷入掌心的程度。

「妳明明不是真心這麼想……！妳不知道自己這種搞曖昧的態度，只會讓別人受傷而已嗎？妳以為只要自己沒有自覺、沒有惡意就能夠被原諒嗎？未免也太粗神經了吧！」

原本沒打算說出口的話語，此刻卻宛如潰堤般不停湧出。

「千紗……對不……！」

面對朝自己大吼大叫的千紗，加戀顯得一臉困惑。

「還是說，因為妳男朋友對妳說過這種話，妳就以為每個人聽到這種話都會開心嗎？少瞧不起人了！」

千紗的怒吼聲在教室裡迴盪。

「不是，我沒有這麼想……我不是因為這種理由才說的！」

「不然妳是因為什麼理由？」

聽到千紗以強硬的態度逼問，加戀一瞬間語塞並沉默下來。

Change8

～變化8～

「明明根本來者不拒……！」

千紗望向自己的腳邊，恨恨地這麼說。

「千紗，妳聽我說……！」

「抱歉……」

垂下頭的千紗，緊皺眉頭勉強繼續往下說：

「我……沒辦法把妳當成朋友……從以前到現在……我一直都沒有這麼想過……」

她想必不會理解吧——

「千紗……等等……千紗！」

千紗無視加戀央求的嗓音，咬著下唇衝出教室。

希望有人能夠陪在自己身旁。不過就是這樣罷了。

妳已經不需要我了吧——

妳明明已經沒有理由待在我身邊了。

妳為什麼還要靠近我呢。
能夠讓妳排解寂寞的對象，明明多到數不清。
為什麼是「我」呢。

我好痛苦——
好煎熬啊——
拜託別再繼續了——
我還得繼續忍耐多久？
我明明不想再看著妳跟男朋友一起回家、不想聽妳說男朋友的事——
（每當這種時候，我總是傷得好重好重…………）
如果當普通朋友的話，想必就不用經歷這樣的折磨了吧。
她想成為加戀口中的「朋友」。她試著這麼做。不過，已經撐不下去了。

Change8
～變化8～

令人不適的情感持續在胸口累積，千紗開始覺得反胃。

她衝進沒有人的廁所，將自己關在隔間裡頭。

抬頭仰望天花板，試著反覆深呼吸，卻遲遲無法緩解幾乎要窒息的感覺。

「救救我……」

像是呻吟般說出這句話。

雙腿使不上力氣的她，垂著頭將背靠上門板。

救救我啊——

「千紗……？」

廁所入口傳來加戀不安的呼喚聲。

千紗用力抿唇。

妳為什麼要追過來啊——

「千紗……那個啊……妳聽我說……」

在千紗沉默不語時，加戀的腳步聲慢慢靠近。

她似乎來到了千紗把自己關起來的隔間外頭。沉默片刻後，加戀再次開口：

「……我沒有來者不拒。」

外側傳來一陣輕微的聲響。或許是她用手觸摸門板的聲音吧。

「千紗……跟妳待在一起，我真的覺得很開心、也很快樂……我不是覺得每個人都好，因為是妳……我想待在妳的身旁……」

加戀隔著門板傳來的嗓音輕輕顫抖著，感覺像是在強忍想哭的衝動。

千紗輕啟唇瓣，但最後又打消念頭而用力咬唇。

「可是我……不明白妳的感受……所以好像對妳做了很過分的事情……對不起……就算妳沒辦法把我當成朋友……也是無可奈何的事呢……」

加戀沮喪地這麼說。

不對。不是這個理由。

看吧，妳果然什麼都不懂——

「可是我……很希望能夠好好理解妳……我這樣想是錯的嗎？」

「我們一定無法互相理解……因為妳的想法跟我不一樣……也不可能變得一樣……」

千紗雙手緊緊握拳，好不容易擠出這句話。

（因為妳……已經有了最珍惜的人了啊……）

「就算這樣，我還是想跟妳在一起，千紗。」

聽到加戀語氣堅定的這句話，千紗微微抬起頭。

「就像妳所說的……想要互相理解，不是一件簡單的事情。就像剛才，我其實……也不明白妳生氣的理由。我只知道大概是因為自己……做出很粗神經的行為……」

「可是……」加戀接著往下說：

「我並不是隨口說出那種話。是真的，千紗。妳是我憧憬的目標。不僅可愛又很強大……我一直很想變成妳這樣。從第一次跟妳搭話時就這麼想了。」

加戀彷彿在思考下一句話該怎麼說似的沉默下來。千紗也保持沉默。

「我……一直不明白該怎麼跟朋友好好相處……總是不斷在這方面失敗，所以……我

這次不想再重蹈覆轍了。」

隨後，加戀以沒有半點迷惘的嗓音接著這麼說：

「我不想再失去重要的朋友了。」

不知何時溢出的眼淚，順著千紗的臉頰往下滑。

淚水滑過她緊咬的唇瓣，然後滴落。

胸口感覺好痛苦、也好難受。

重要的朋友——

倘若真的是朋友，在得知對方交到男朋友之後，理應能夠以發自內心的笑容道出祝福：「太好了，恭喜妳。」

然而，千紗卻懷抱著希望兩人的幸福關係出現裂痕、甚至結束這樣的想法。

在得知這一點之後，加戀還願意稱她是「重要的朋友」嗎？

她不能讓加戀見識到如此醜陋的自己。

儘管如此，她卻還是想待在她的身旁——

（我怎麼可能說得出口呢………我說不出口啊……）

然而，佯裝沒有察覺到自己這份汙濁的感情，以朋友的身分持續陪在加戀身旁，也已經讓她痛苦得難以承受。

其實，她真的很希望她能明白——

「我」總是以自尊心和虛榮心偽裝自己，裝出一副毫不在乎的模樣。

逞強表現出「我一個人也能過得很好」的感覺，其實只是因為害怕受傷，所以才會拚命做出一道高牆保護自己，拒絕和任何人有所牽扯。

加戀說千紗很強大。她過去也曾說過「妳好強喔，千紗」這種話，臉上還不知為何掛著引以為傲的笑容。

（不對。我一點都不強大……）

千紗只是在逞強，只是不願承認自己的弱小罷了。

其實，她並不想理解自己這樣的一面。

她本應不會發現自己其實很寂寞的事實。

一旦體會過有人陪在身旁的安心和溫暖，就會變得再也無法放手。

會希望對方一直陪在自己身旁。不是其他人，而是只陪在自己身旁。

過去明明將獨處視為理所當然，現在卻害怕嚐到失去的痛苦滋味。

「我會變得這麼懦弱……都是妳害的……」

千紗忍不住以像是在訴苦般的微弱嗓音開口。

這般窩囊的自己，幾乎讓她想要發笑。她是從何時開始變得如此脆弱呢？

「因為妳擅自闖入我內心……現在……要是沒有妳，我會崩潰……妳要怎麼賠我？」

「我也一樣啊……光是這樣還不行嗎？」

加戀反問的嗓音相當溫柔。

（妳真的好狡猾喔……加戀……）

Change8
～變化8～

千紗抬頭仰望天花板，嘴角也不自覺微微上揚。

狡猾，卻也溫柔不已——

她不明白朋友的定義是什麼。

怎樣可以算是「朋友」、怎樣又不算是「朋友」？像這樣的界線，她實在分不清楚。

而這份過於沉重的感情，究竟能稱之為「友情」，還是必須定義成「愛情」，她也無從判斷——

不過，或許是何者都無所謂吧。

人與人之間的聯繫，就是如此曖昧不清的東西。

「噯……加戀……我能待在妳的身邊嗎？」

千紗靠上隔間門板輕聲問道。

「…………嗯……我也想待在妳身邊，千紗。」

（唉～唉……原本對自己築起的這道高牆很滿意呢……）

然而，這道高牆卻輕易被粉碎，讓這個人得以違法入侵。

千紗轉過身，打開上鎖的隔間門板。

加戀臉上掛著彷彿在等待她的微笑。

「真是讓人火大的傢伙。」

她這麼輕喃後，「咦？」加戀雙眼圓睜。

千紗笑著伸出一隻手，牽起加戀的手。

兩人的掌心交疊後，她帶著淺淺的笑意與加戀十指緊扣。

好溫暖。她已經明白這種溫暖，以及和他人相依偎的安心感了——

（可是，加戀……其實啊……）

——明白那道高牆是因妳而粉碎，我真的很開心喔。

Ending～尾聲～

放學後千紗坐在只有兩人的教室裡，一如往常地在筆記本上畫畫。擦去多餘的線條，再把橡皮擦屑拍掉後，她抬起視線。

坐在前方座位上的加戀，正專注地看著漫畫。那是千紗特地帶來借她看的。

千紗望向牆上的時鐘。差不多是社團活動結束的時間了。已經聽不到運動社團在操場上練習的聲音，教室裡頭也被平穩而靜謐的空氣籠罩。

「這本漫畫今天可以借我帶回去嗎？我很在意後續發展呢……」

加戀從漫畫上抬起視線望向千紗。

「嗯，可以啊……」

「我明天再帶來還妳。」

「沒關係啦……我已經看完了……妳可以慢慢看啊。」

Ending
~尾聲~

「謝謝。但我一定會忍不住一口氣看完呢。」

加戀笑著這麼說。

千紗朝加戀擱在桌上的手機瞥了一眼，發現有訊息傳來。

不過，加戀似乎還沒發現這件事，尚未點開來看。

她大概是看漫畫看得太專注，連手機的通知音效都沒聽到吧。

加戀的手機桌布，是她跟惠的一張合照。

兩人的臉靠得很近，看起來相當親密。

「噯……加戀。妳跟妳男朋友……發展到什麼階段了？」

這麼問之後，正要拿起手機確認的加戀發出「咦？」一聲並望向千紗。

「妳……妳說發展到什麼階段……？」

「你們……已經接吻了嗎？」

「才……才沒有呢！」

加戀搖頭否定，雙頰隨即竄上一抹緋紅。之後，她又老實地這樣招供：「只有親過臉頰而已……」

「為什麼不接吻？」

「因為……還很難為情啊……」

加戀小小聲這麼回答，宛如在逃避什麼似的將視線移向窗外。

「你們可是在交往耶？」

「這種事……要我主動提，需要很大的勇氣耶。」

「……妳不會想試試看嗎？」

「要說的話……是會想啦……」

「那麼……就來試看看吧？」

千紗從椅子上稍稍起身，將手撐在筆記本書頁上，緩緩探出上半身。

加戀沒有避開，只是圓瞪雙眼望著這樣的她。

將臉貼近加戀後，千紗閉上眼，輕輕將自己的唇瓣疊上加戀的。

加戀原本拿在手上的漫畫唰一聲掉到地上。

過了整整兩秒後，千紗才將嘴唇抽離。加戀先是吃驚到一雙眼睜得老大，接著迅速將手撫上自己的嘴唇。

「……………唔！！！！！」

加戀震驚到甚至叫不出聲音。她將嘴巴張開又閉上數次後，才終於擠出這聲呼喚：

Ending
～尾聲～

「千紗！」一張臉也變得像夕陽那麼紅。

「這……這是……我……第一次……的……………！」

看著動搖到連話都說不好的她，千紗輕輕吐舌扮了個鬼臉。

「放心吧，我也是。」

「問題不在這裡！」

「不然是在哪裡？」

「就是……我是說…………………！」

「加戀，久等了……」

這個嗓音從教室入口傳來的瞬間，加戀便猛地從座位上起身。

因為動作過大，差點被她弄倒的椅子發出一陣碰撞的巨響。

「嗯……嗯！我……我現在……就過去……！」

她以慌張的嗓音這麼回答，然後拎起自己的書包。

「加戀，妳忘記漫畫了。」

聽到千紗的提醒，加戀露出「啊！」的表情，匆匆將漫畫收進書包裡頭。

「那麼，再見嘍，千紗……今天發生的事情……我之後會找時間跟妳好好談談！」

加戀蹙眉這麼說道，然後慌慌張張離開教室。

「發生……什麼事了嗎？妳的臉超紅的耶……」

「不！沒什麼……什麼事都沒發生！」

聽著惠跟加戀的交談聲從走廊上傳來，千紗拾起自動筆輕笑一聲，隨後不經意朝地上瞄了一眼。

「啊！她少拿了一本……」

千紗彎下腰撿起那本漫畫，稍微拍掉上頭的灰塵。

（跟我好好談談……她究竟是想談些什麼呢。）

加戀打算質問她親吻自己的理由嗎？

一想到加戀那驚慌失措的反應，千紗就覺得想笑。她以手指輕輕撫上自己的嘴唇。

那輕柔的觸感仍殘留著。

（理由……這還用說嗎……）

Ending
～尾聲～

當然是因為我「喜歡」妳啊——

千紗起身走到窗邊。惠跟加戀一起離開的身影映入她的眼簾。

不知為何，加戀今天用雙手將書包緊緊揣在懷裡，因此沒有跟惠牽手。而惠也為她這樣的行為舉止感到困惑。

這時，加戀突然停下腳步，轉身仰望教室所在的方向。發現站在窗邊的千紗後，她像是要回以顏色般吐舌扮了個鬼臉。

被惠搭話之後，她隨即轉身望向他，露出笑容敷衍帶過。

「辛苦啦，現充……」

在窗邊遠眺兩人走出學校後，千紗輕聲這麼自言自語。

讓人既羨慕又嫉妒的光景。

她輕輕嘆了一口氣，轉身背對窗戶。

帶著些許落寞的橘紅色陽光，籠罩了這個課桌椅整齊排列的教室。

絕對會失望的。

就算期待，也只會遭到背叛。

——這種事有誰說得準呢？

不知道別人會怎麼說。

——這些想像中的「別人」到底是誰？

單戀對象是自己的朋友，難道不行嗎？

定義什麼的——怎麼樣都無所謂吧。

這種事情太麻煩了啊。

千紗回到自己的座位上，伸手翻開筆記本。

出現在書頁上的，是惠跟加戀相親相愛地一起回家的手繪圖。

『隅田、加戀　恭喜你們交往滿一百天！』

Ending
～尾聲～

今天，剛好是那兩人開始交往後的第一百天。

其實，她原本打算讓加戀看這張圖，然後笑著對她說：「恭喜你們。」

明明壓根不打算放棄。

因為實在太不甘心了。

希望被渴求的醜陋的我。

即使如此，我仍想和妳在一起。

如果跟妳在一起的話——

千紗闔上筆記本，將它塞進書包裡，然後從座位上起身。

轉頭望向空無一人的教室後，她回想起方才發生的事，臉上不禁浮現笑意。

「再見嘍……」

輕聲這麼說之後，她緩緩把大門帶上。

以後就——

在這個祕密的地方再見吧。

The end

HoneyWorks
成員留言板！

Gom

抬頭挺胸吧少女們，
戰鬥吧少女們。

Gom

shito

感謝將《少女們啊。》小說化的企畫!!
我再次了解到體貼別人的心意
是很重要的。

shito 4:17

Leo

ヤマコ

《少女們啊。》

小說化企畫大感謝!!

「少女們啊。」跟「醜陋的生物」的MV我都相當喜歡。雖然畫了很多傷心痛苦的表情，但如果加戀等人也能像亞里紗那樣，因為嶄新的相遇而跨越困難，讓自己的笑容變得更燦爛，我會很開心的！

ヤマコ

モゲラッタ

隅田啊，
你現在能正確拼出
ChiCo with
HoneyWorks
這幾個字了嗎？

モゲラッタ

Oji

在ChiCo with HoneyWorks的
演唱會上，演奏的樂曲是
故事相關題材，曲名甚至
還是「加戀」…太棒了…！

Oji

AtsuyuKi

由複雜的心境
和關係
編織出來的故事。
我看得超級怦然心動…

Atsuyuki

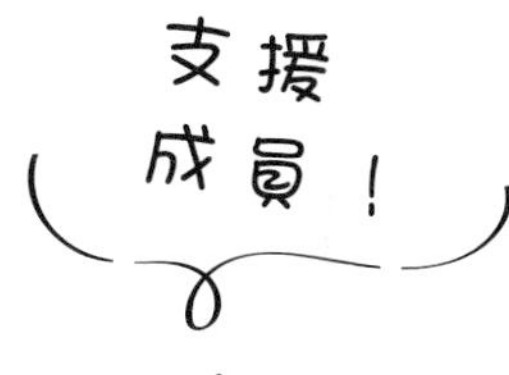

宇都圭輝

恭喜新刊出版!!
無論是把頭髮放下來的加戀、
或是綁起馬尾的加戀，
全都好可愛呢♪正義!!

"cake"

中西

前幾天有人
對我說：「中西是
醜陋的生物呢。」

我好開心啊。
中西^^

kyo

少女們啊
堅強活下去吧!!
kyo

Kaoru

恭喜《少女們啊。》小說化!!
要好好看完喔
KAORU

コミヤマリオ

戰鬥、反抗、受傷。
儘管如此…希望
最後都能展露笑容。
コミヤマリオ(•ˊωˋ•)

裕木レオン

就算沒有
綁馬尾
加戀美眉
也是正義!!
れおんぬ

HaKoniwalily

Hanon

恭喜《少女們啊。》
小說化!!
加戀其實是我的推角,
所以她的故事我看得很開心。
請各位也一起怦然心動吧♡
Hanon

Kotoha

《少女們啊。》
恭喜出版上市!
我相當喜歡這部作品,還反覆看了MV好幾次。
因此,這兩人之間日後
會出現什麼樣的感情變化,
讓我從現在就好在意…!
請大家一起期待這段令人
怦然心動的戀情發展吧
Kotoha

Special Comment from CHiCO

《告白預演系列 少女們啊。》
恭喜出版上市！
能透過小說了解故事細節，
真的讓人很開心！
加戀所編織出來的故事，
請大家務必看到最後。

Who's next?

國家圖書館出版品預行編目資料

告白預演系列. 15, 少女們啊。/HoneyWorks原案 ; 香坂茉里作 ; 咖比獸譯. -- 初版. -- 臺北市 : 臺灣角川股份有限公司, 2023.02

面 ; 公分. -- (Kadokawa fantastic novels)

譯自 : 告白予行練習. 15, 乙女どもよ。

ISBN 978-626-352-262-6(平裝)

861.57 111020699

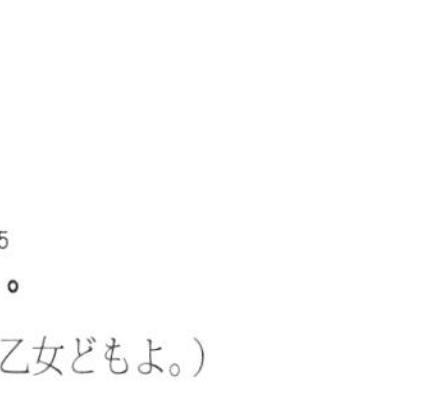

Kadokawa
Fantastic
Novels

告白預演系列15

少女們啊。

（原著名：告白予行練習 乙女どもよ。）

2023年2月23日 初版第1刷發行

原　案：HoneyWorks
作　者：香坂茉里
插　畫：ヤマコ
譯　者：咖比獸

發行人：岩崎剛人
總編輯：蔡佩芬
副主編：林秀儒
美術設計：宋芳茹
印　務：李明修（主任）、張加恩（主任）、張凱棋

發行所：台灣角川股份有限公司
地　址：104台北市中山區松江路223號3樓
電　話：（02）2515-3000
傳　真：（02）2515-0033
網　址：www.kadokawa.com.tw
劃撥帳戶：台灣角川股份有限公司
劃撥帳號：19487412
法律顧問：有澤法律事務所
製　版：尚騰印刷事業有限公司
ISBN：978-626-352-262-6